Einaudi Ragazzi

Storie e rime

24

Collana diretta da Orietta Fatucci


ISBN 978-88-7926-145-6

www.edizioniel.com

Sette degli otto testi di Rodari qui pubblicati sono usciti per la prima volta sul «Corriere dei Piccoli» negli anni 1964 (*I tre fratelli legati*, *La pipa della strega*, *Mago Bireno*, *Pacchetto va al mare*), 1965 (*La trappola del tempo*), 1969 (*Sole e saponette*), 1975 (*La bambina dai capelli d'oro*); *Il mangiadischi* è stato invece pubblicato da Rizzoli nel volume collettivo *Sei racconti* (1967).

Gianni Rodari

# Fiabe e Fantafiabe

Illustrazioni di Francesco Altan

Einaudi Ragazzi

Fiabe e Fantafiabe

# I tre fratelli legati

Un triste silenzio era sceso sul castello di Varrone con la morte del conte Alcuino. Per tre giorni tutti camminarono in punta di piedi, come per non destare il vecchio conte che giaceva bianco e silenzioso nel suo letto. Il primo ad alzare la voce fu il notaio che, il giorno dopo i funerali, si accingeva a leggere il testamento del defunto davanti a una folla di cavalieri, dame, vassalli e servitori. In prima fila, naturalmente, lo ascoltavano i tre figli del conte Alcuino: Bruno il focoso, Brunetto l'artista e Brunone il gagliardo. Tenevano gli occhi bassi e di quando in quando si asciugavano ancora una lacrima.

Il notaio lesse: «Io, Alcuino conte di Varrone, sano di mente ma mortalmente malato nel corpo, lascio il mio castello, i miei tesori e tutte le mie proprietà ai miei tre amati figli. Secondo le usanze, dovrei dividere tra loro l'eredità, rendendo giustizia ai meriti e all'affetto di ciascuno. Io però li amo troppo tutti e tre, e temo, senza volere, di far torto a qualcuno di essi. Comando perciò che siano Bruno, Brunetto e Brunone a fare la divisione, d'amore e d'accordo. Non subito, però. Essi potranno prendere le loro decisioni solamente tra un anno, alla presenza del notaio e di tutta la corte. Durante questo anno io consiglio loro vivamente di viaggiare per il mondo, onde accrescere le loro conoscenze e rafforzare il loro carattere. Se mi vogliono bene, essi faranno questo viaggio legati l'uno all'altro con la fune che il notaio ha in consegna, non sciogliendosi mai, né per mangiare, né per dormire, né per combattere».

Lette queste parole, il notaio aprí una borsa ricamata e mostrò ai presenti una funicella rossa. Due servitori ne presero i capi e la distesero in tutta la sua lunghezza, che risultò all'incirca di una decina di metri.

– Ma benone, – risuonò rabbiosa la voce di Bruno il focoso, – ci aspettiamo l'eredità e ci ritroviamo una corda al collo.

– Il nostro amato padre ci ha giocato un grazioso tiro, – osservò placidamente Brunetto l'artista.

– Un tiro alla fune, – completò Brunone il gagliardo, scoppiando in una risata.

Il notaio consegnò loro la corda rossa e

disse: – Fate come credete. Ci rivedremo tra un anno. Fino a quella data, per volontà di vostro padre, non toccherete un soldo.

I tre fratelli dovettero rassegnarsi. Quella sera stessa, dopo essersi legati l'uno all'altro in cordata, come se dovessero accingersi a scalare qualche vetta pericolosa, uscirono dal castello e si misero in viaggio.

Viaggiavano, inutile dirlo, a cavallo, ma i cavalli dovevano tenersi tanto vicini, per via della corda, che si urtavano con gli zoccoli e si schiaffeggiavano con le code.

A volte un contadino dai campi, una donna dall'uscio di casa, un maniscalco dalla sua officina, levavano gli occhi sui tre cavalieri e non risparmiavano loro un saluto col veleno:

– Avete paura di perdervi, che vi siete legati?

– Qual è il ladro, e quali sono le guardie?

– Se è la corda che vi guida, finirete impiccati.

I tre giovani arrossivano. Brunone e Brunetto non rispondevano nemmeno a quegli scherzi, ma Bruno il focoso non li mandava giú tanto facilmente e gridava:

– Troviamoci tra un anno, e questa corda ve la farò mangiare!

Non parliamo della sorpresa degli osti, quando vedevano i tre fratelli mangiare legati e coricarsi legati. Gli osti, però, si contentavano di spalancare gli occhi e non si permettevano di fare commenti, perché i tre fratelli pagavano in oro, e il cliente che paga ha sempre ragione.

Una sera i tre figli del conte Alcuino trovarono ospitalità in un castello sperduto tra le montagne. Castello per modo di dire, perché i signori che lo abitavano erano poveri quanto i loro contadini, le antiche sale cadevano in rovina, le torri perdevano i merli e i tarli finivano di distruggere gli ultimi mobili. Ma in tanto squallore Bruno il focoso trovò la perla che non cercava. La figlia del castellano era una fanciulla che piú bella e gentile bisognerebbe dipingerla apposta. E tanto buona. E tanto assennata. Insomma, quella notte Bruno non riuscí a dormire e continuava a voltarsi e rivoltarsi nel suo letto, e cosí facendo dava robusti strattoni con la corda ai fratelli, e li svegliava, e doveva sorbirsi i loro rimproveri.

La notte seguente essi fecero tappa in un fienile, ma nemmeno il fieno morbido e caldo riuscí a conciliare il sonno al povero Bruno. Focoso nei fatti, com'era nel soprannome, il giovane non stette tanto a pensarci su. Diede di piglio alla spada, tagliò la corda che lo univa ai fratelli e in piena notte si mise in cammino per andare a chiedere alla bella castellana se voleva sposarlo. Brunetto e Brunone, al risveglio, trovarono il biglietto in cui egli spiegava loro il suo proposito, scossero il capo e proseguirono il viaggio.

Qualche giorno piú tardi, nell'attraversare una piccola città, Brunetto gettò per caso gli occhi in una bottega scura e bassa che si apriva sulla strada.

– Ferma! – gridò a Brunone. Lui s'era già fermato di colpo. Ma il cavallo di Brunone fece ancora qualche passo, e Brunone, sbalzato di sella dalla corda, si ritrovò per terra. Senza dir nulla, tirò a sua volta la corda, e anche Brunetto venne giú dal cavallo come un sacco. Ma Brunetto non se ne accorse nemmeno. Non aveva occhi che per quel che aveva visto nella bottega. Era soltanto un vecchio pittore al lavoro davanti al suo cavalletto. Ma i colori della tela illuminavano la buia stanza come un'aurora magica. Alle pareti erano appesi altri quadri, ed erano come finestre spalancate su altrettanti paesi incantati.

– Ecco un grande maestro, – esclamò Brunetto.

– Su, artista, – disse semplicemente Brunone, – scuotiamoci la polvere e ripartiamo.

– Aspetta, – lo pregò il fratello.

Brunetto, fin da ragazzo, aveva mostrato

inclinazione per la pittura. Ma il conte Alcuino non gli aveva mai permesso di seguire quell'inclinazione, per timore che si trattasse di un capriccio passeggero, e non di una vera vocazione all'arte.

Il vecchio maestro accolse i due strani visitatori legati, con grande cortesia, mostrò loro le sue pitture, permise a Brunetto di prendere in mano un pennello.

– Per questo pennello darei uno scettro, – disse Brunetto, commosso. – Ma se voi mi promettete di insegnarmi l'arte, tra un anno tornerò e mi metterò a scuola da voi.

– Tra un anno, – aggiunse Brunone, – ma adesso bisogna ripartire.

Ripartirono. Quella notte, però, toccò a Brunetto voltarsi e rivoltolarsi nel letto. E nemmeno la notte successiva egli riuscí a prender sonno, tanto lo tormentavano le sue visioni di colori, pennelli, tavolozze, tele. La terza notte egli prese la sua decisione. Tagliò la corda che lo legava a Brunone, scrisse due righe su un biglietto e partí per tornare alla bottega del vecchio maestro, che era il suo paradiso.

Rimasto solo, Brunone ricucí insieme i tre pezzi di corda, montò a cavallo e si avviò al piccolo trotto, pensieroso. «Il nostro buon padre, – rifletteva, – avrebbe ogni ragione di rimproverarci, se potesse. Non è un mese che siamo partiti per girare il mondo, ed ecco che ognuno se n'è andato per la sua strada, dietro le sue fantasie. Se nemmeno una corda riesce a tenerci legati e uniti, che sarà di noi tra un anno? Ho una gran paura che ci incontreremo soltanto per litigare, e che la divisione dell'eredità sarà molto, molto difficile».

Quella sera, Brunone trovò da cenare e da dormire in casa del sindaco di un villaggio, un vecchietto che prima di aprirgli la porta, gli fece cento e una domanda, e non finiva piú di studiargli il viso alla luce di una lanterna.

– Ho forse la faccia di un brigante? – domandò Brunone, ridendo.

– No, grazie al cielo, – rispose il sindaco. – Ma non devi credere che io sia un tipo pauroso. Sappi, invece, che da quasi un mese una banda di briganti si aggira per queste campagne e fa man bassa di tutto quel che trova. I contadini non osano piú mettere il naso fuori di casa. Avevamo due guardie ma sono scappate. Non c'è nessuno che ci difende. Il nostro castellano è troppo lontano per occuparsi di noi.

Brunone non era stato soprannominato «il gagliardo» per nulla. Era forte, coraggioso e generoso. Una spada al fianco l'aveva, e sapeva servirsene. Che piú?

– Lasciate fare a me, – disse al sindaco, prima di coricarsi. – Convincerete una dozzina di contadini a farmi compagnia con le loro zappe e le loro falci e vi mostrerò la schiena dei briganti.

Il sindaco non stava nella pelle dalla gioia. I contadini non chiedevano che di essere guidati e incoraggiati da un guerriero che sapesse maneggiare le armi. All'alba, la piccola spedizione si mosse. Brunone cavalcava alla testa del suo minuscolo esercito. I suoi improvvisati guerrieri lo seguivano a dorso d'asino, e taluni perfino su un carretto tirato da un paio di buoi. Un ragazzetto mandato in esplorazione riferí che i briganti avevano passato la notte in una fattoria, al margine dei boschi, dopo aver chiuso in cantina la famiglia dei padroni. Erano andati a dormire ubriachi, e dormivano ancora quando Brunone il gagliardo piombò su di loro come un falco. Un quarto d'ora dopo i briganti, legati come salami, erano stati caricati sul carretto. Uno di loro russava ancora: il chiasso della battaglia non lo aveva nemmeno svegliato.

Stavano per ripartire quando voci concitate e rabbiose uscirono dal pozzo che si trovava in mezzo al cortile.

– Aiuto! Aiuto!

– Chi è?

– Siamo due prigionieri dei briganti. Ci hanno calati quaggiú ieri sera e si sono portati via la corda per impedirci di fuggire.

– Ora vi tiriamo su.

La corda, però, non si trovava.

– Ce l'ho io una bella corda, – disse Brunone.

Cavò dalla borsa la sua fune rossa, si avvicinò all'orlo del pozzo e guardò giú.

– Brunone! – gridò dal pozzo una voce.

– Fratello nostro! – gridò l'altra.

Erano proprio Bruno il focoso e Brunetto l'artista. I briganti li avevano catturati l'uno dopo l'altro: Bruno mentre cercava di raggiungere la sua bella castellana, Brunetto mentre correva verso la bottega del vecchio pittore. Avendoli riconosciuti per cavalieri, i briganti non li avevano uccisi: contavano, infatti, di farsi pagare per loro un sonante riscatto dalla famiglia.

Brunone non stette a far tante domande. Si legò la fune alla vita, calò l'altro capo nel pozzo, raccomandò ai fratelli di legarvisi, e li tirò su tutti e due insieme, perché non era un gagliardo per scherzo.

Dopo che si furono riabbracciati, i tre fratelli guardarono la corda che li legava e scoppiarono a ridere:

– Si vede proprio che dobbiamo restare uniti, – disse Bruno.

– Nostro padre aveva ragione, – disse Brunetto.

– E uniti resteremo per sempre, – concluse Brunone. – Quando avremo finito il nostro viaggio, tu Brunetto farai venire al castello il tuo vecchio maestro, perché ti insegni l'arte e stia sempre con noi; tu, Bruno, andrai a prendere la tua sposa, e può darsi che anch'io, per quel tempo, abbia trovato la mia castellana. E se staremo insieme, che bisogno avremo di dividerci l'eredità? Quel che sarà tuo sarà mio: e invece di dividere forse ci capiterà di moltiplicare.

I contadini applaudirono.

Il brigante che dormiva si destò e domandò: – Cos'è successo?

Ma nessuno dei presenti aveva voglia di raccontare anche a lui la storia dei tre fratelli legati.

# La pipa della strega

C'era una volta un pastore, si chiamava Allegro, ed era allegro di nome e di fatto, benché il suo gregge fosse composto di una sola pecora.

Un giorno, mentre portava la sua pecora a pascolare, udí tra i cespugli un lamento.

– La lepre dev'essere caduta di nuovo nella tagliola, – disse il pastore Allegro. Lasciò la pecora a brucar l'erba sul sentiero, si inoltrò nel bosco, trovò la lepre prigioniera e la liberò.

– Devi stare piú attenta, – le disse, – a me la polenta piace anche senza lepre in salmí, ma non tutti hanno i miei gusti.

– Starò piú attenta, – disse la lepre. E scappò via zoppicando.

Quando il pastore Allegro tornò sul sentiero, la sua pecora non c'era piú. La chiamò in cento modi ma non ottenne risposta. Frugò il bosco in lungo e in largo ma la pecora era scomparsa. Mentre vagava, grattandosi la testa per la preoccupazione, vide una vecchia, accoccolata ai piedi di una quercia, che fumava la pipa.

– Buona vecchia, – le domandò, – avete visto la mia pecora?

– Io non sono una buona vecchia, sono una strega, – rispose la vecchia, tirando dalla pipa una furiosa boccata di fumo.

– Il vostro tabacco però manda un buon profumo, – disse il pastore Allegro, per rabbonirla.

– Vuoi fare una pipatina?

– Volentieri.

La strega gli porse la pipa. Allegro aspirò il fumo e lo cacciò fuori con soddisfazione. Ed ecco che nella nuvoletta azzurra vide la sua pecora che si dibatteva tra le braccia di due omaccioni.

– Ehi, posate subito la mia pecora! – gridò il pastore Allegro. – Ora vi farò sentire quanto pesano i miei pugni.

Ma la nuvola di fumo si dissolse e Allegro non vide piú nulla. Subito tirò un'altra boccata, e vide gli omaccioni che cacciavano la pecora in un ovile.

– La riconoscerò lo stesso, – gridò Allegro, saltellando per la rabbia, – non crediate di farmela, brutti malandrini!

Ancora una volta la nuvoletta di fumo si dissolse e la visione si cancellò.

– Sta attento a come parli, – disse la strega. – Quelli non sono malandrini, ma i servitori del principe Malcontento. La tua pecora è entrata nei campi del principe e loro l'hanno catturata perché rubava l'erba.

– Allora la mia pecora sarebbe una ladra?

– Cosí pare. Ma... ehi, giovanotto... dove scappi? Rendimi la mia pipa, prima!

– Ve la renderò, nonnina. E vi regalerò anche il primo agnello della mia pecora. Arrivederci!

La strega continuò per un pezzo a brontolare, ma il pastore Allegro era già lontano.

Aiutandosi con la pipa, che gli mostrava la strada nelle nuvole di fumo, arrivò ben presto al castello del principe Malcontento. Sul cancello c'era una sentinella armata.

– Dove vuoi andare?

– Dal principe, a reclamare la mia pecora.

– Il principe ha ben altro da pensare. Dovresti saperlo anche tu.

– Invece io non so un bel niente.

– Non sai perché lo chiamano Malcontento, e perché sfoga la sua rabbia su tutti quelli che gli capitano a tiro? È per causa di suo figlio Guiscardo. Dieci anni fa è partito per la guerra. Tutti gli altri sono tornati, ma lui no. Nessuno sa se sia morto o se viva in prigionia.

– Uhm, – fece il pastore Allegro. – Vediamo un po’.

Si mise in bocca la pipa, cacciò una boccata di fumo e nella nuvoletta azzurra vide il principe Guiscardo. Il poveretto si trovava in una cella umida e scura, con una palla di ferro incatenata al piede.

«Brutto affare, – mormorò Allegro fra sé. – Ma forse posso fare qualcosa per lui. E se lo aiuto a tornare a casa suo padre mi ridarà la pecora senza far storie».

Aiutandosi con la pipa, che gli mostrava la strada nelle nuvole di fumo, il pastore Allegro andò in cerca del principe Guiscardo. Camminò due giorni e due notti e arrivò davanti al castello del conte Rotondo.

– C’è bisogno di uno sguattero, di uno stalliere, di un suonatore di zufolo? So fare di tutto, io, e mi c tento di poco, – disse il pastore Allegro alla sentinella.

Per combinazione al castello c’era bisogno di un uomo di fatica per spaccare la legna, e Allegro fu assunto. Chiacchierando con la servitú riuscí ben presto a sapere quel che gli premeva. Il conte Rotondo aveva una figlia, che si chiamava Guglielmina, ma tutti la chiamavano la Contessa Brutta, perché era proprio brutta, poverina, e nessuno la voleva per moglie. Una notte aveva bussato al portone del castello il principe Guiscardo.

Mentre tornava dalla guerra i predoni lo avevano assalito, spogliato della sua ricca armatura, ferito in piú punti e abbandonato per morto sulla strada. Il conte Rotondo lo ospitò, lo fece curare, aspettò che fosse guarito e gli offrí in moglie la Contessa Brutta. Guiscardo era buono, e aveva pietà della povera ragazza, ma non provava amore per lei.

– Come posso sposarla, se non l'amo? Saremo infelici tutti e due.

– Quand'è cosí, – ruggí il conte Rotondo, – ti rinchiuderò in una prigione e ti lascerò marcire là dentro per il resto dei tuoi giorni.

– Non fatelo, padre mio, – implorava la brutta Guglielmina, – io non voglio costringere nessuno a sposarmi.

Ma il conte Rotondo fu inflessibile. Ed ecco perché il principe Guiscardo languiva nei sotterranei del castello.

– Uhm, – fece il pastore Allegro, quand'ebbe sentita tutta la storia, – vediamo un po'.

Si mise in bocca la pipa, aspirò una boccata di fumo, mandò fuori la nuvoletta azzurra e vide in lontananza uno splendido palazzo. Alla seconda boccata vide il salone del palazzo e rimase a bocca aperta, perché non aveva mai visto niente di piú bello. Alla terza boccata vide un giovane in abiti principeschi, e rimase a bocca aperta, perché non aveva mai visto niente di piú brutto. Il giovane si lamentava guardandosi allo specchio:

– Ah, come ha ragione la gente di chiamarmi il duca Bruttino! Ah, come sarà triste invecchiare tutto solo. Quale fanciulla vorrà sposare un mostro come me?

– Eh, un mostro, – borbottò il pastore Allegro. – Che esagerazione. Guarda se la gente dev'essere tanto infelice per colpa di un naso un po' lungo...

Cosí borbottando si mise in cammino, e in capo a due giorni arrivò davanti al palazzo del duca Bruttino.

– C'è bisogno di uno sguattero, di uno stalliere o di un suonatore di zufolo? So fare di tutto, io, e mi contento di poco, – disse alla sentinella.

Per combinazione al palazzo avevano bisogno di un lustrascarpe e Allegro si adattò allegramente a quel nuovo mestiere.

Una mattina, nel portare al duca Bruttino le scarpe lucidate, si mise in tasca la pipa della strega. Quando fu alla presenza del duca, si ficcò la pipa in bocca e cominciò a cacciar nuvole di fumo da tutte le parti.

– Cosa ti salta in mente? – disse il duca Bruttino, ma senza arrabbiarsi, perché di cuore era il duca piú gentile della storia. – Ai servitori non è permesso fumare alla mia presenza.

– Altezza, lo so, lo so benissimo, e vi domando scusa.

Cosí dicendo, Allegro posò la pipa su un tavolino, si inchinò piú volte e si ritirò.

Rimasto solo, il duca Bruttino si accorse che la pipa era ancora accesa e gli venne voglia di fare una fumatina. Aspirò il fumo, lo soffiò fuori, ed ecco che nella nuvoletta azzurra gli apparve la Contessa Brutta. Ai suoi occhi, però, essa era bellissima. Egli se ne innamorò immediatamente e subito cominciò a lamentarsi ad alta voce.

– Povero me, povero me! Io sono l'uomo piú infelice della terra. Essa non vorrà certo saperne di me...

Allegro ascoltava dietro la porta. Sentendo quelle parole si precipitò nella stanza, si gettò ai piedi del duca Bruttino ed esclamò:

– Altezza, permettetemi di farvi coraggio. Io conosco quella fanciulla. Vi giuro che essa vi amerà e vi sposerà.

– Come puoi saperlo?

– Fidatevi di me.

– E come posso fidarmi di te?

– Fidatevi della mia pipa.

– Mi fiderò della tua pipa. Non so che magia si nasconda dietro tutto questo, ma sono tanto infelice chc debbo aggrapparmi anche a una nuvola di fumo, pur di uscire dalla mia condizione.

Il duca Bruttino fece attaccare i cavalli alla carrozza, fece salire al suo fianco il pastore Allegro e via, a suon di zoccoli e di frusta.

Quando il duca Bruttino si presentò al conte Rotondo a chiedere la mano di sua figlia, il conte dovette guardare da un'altra parte per non fissargli troppo a lungo il naso. Ma Guglielmina si comportò in tutt'altra maniera. Lei e il duca erano fatti l'uno per l'altra. Erano entrambi buoni, gentili e brutti. Ma come Guglielmina era bellissima agli occhi del duca, cosí Bruttino era bellissimo agli occhi di lei.

– Vi sposerete domani stesso, – gridò il conte Rotondo, al colmo della gioia.

– Ma c'è qualcosa che dovete fare oggi, anzi, subito, – disse il pastore Allegro.

– Subito?

– Certo. Ora non c'è piú motivo che teniate prigioniero il principe Guiscardo.

– Ah, quel poveretto, – esclamò il conte Rotondo, – sia liberato immediatamente. Prima però pesatelo: gli darò due volte il suo peso in oro, per compensarlo delle sue sofferenze.

Il principe Guiscardo fu pesato e liberato. Una carrozza fu messa a sua disposizione, e per metà risultò occupata dai sacchi d'oro. Il

pastore Allegro salí a cassetta e si preparò a schioccare la frusta.

– Un momento, – gridò il duca Bruttino dalla finestra, – che cosa ti debbo regalare, in cambio della felicità che mi hai procurato? Chiedi quel che vuoi.

– Eh, – rise il pastore Allegro, – a me basta la mia pecora.

– E io che cosa ti debbo regalare? – gridò la contessa Brutta.

– Mi bastano gli agnelli della mia pecora.

Cosí partirono. La gioia del principe Malcontento, nel vedersi tornare a casa il figlio perduto, non si può descrivere. Anche lui voleva coprire d'oro il pastore. Ma Allegro volle soltanto la sua pecora.

Alla pecora, intanto, era nato un agnello. Il pastore Allegro lo donò alla strega, nel renderle la pipa magica.

Finalmente il pastore e la sua pecora tornarono a casa. E qui chi c'era? C'era la lepre, quella che era rimasta nella tagliola. Durante l'assenza di Allegro essa aveva tenuto la casa ordinata e pulita, aveva cotto il pane e preparato la tovaglia sulla tavola.

– Quanto sei brava, – rise il pastore Allegro, nel vederla tutta affaccendata e rossa per l'emozione, – saresti proprio una buona moglie, se non fossi una lepre.

# Mago Bireno

– Non mettetevi nei pericoli e tornate presto!

– Sí, mamma, non dubitare.

Paolo e Graziella erano già fuori del cancelletto e correvano verso il bosco. Correvano e lanciavano urli selvaggi, per dimenticare la piccola bugia con cui avevano cominciato la giornata. Avevano detto alla mamma che sarebbero andati per more, non piú in là del mulino; non le avevano rivelato la loro vera intenzione, che era di esplorare a fondo la grotta.

Ci pensavano da tre giorni, da quando una mattina, vagando sulla collina dietro il mulino, ne avevano scoperto l'ingresso, seminascosto da un cespuglio di lamponi. Paolo avrebbe voluto entrarci subito, ma Graziella si era messa a piagnucolare per la paura.

– Chissà come sarà buio. Chissà che bestiacce ci staranno.

– Va bene, – aveva deciso Paolo, – torneremo con la pila. Però te lo dico prima: se hai paura stattene a casa, ci verrò da solo.

Un'ondata di grossi temporali li aveva costretti a rinviare l'esplorazione. Ma ora che il sole era tornato, ora che Paolo aveva nascosto la pila nel cestello destinato alle more, anche Graziella pensava che forse non sarebbe stato cosí terribile entrare nella grotta misteriosa.

«E se proprio mi verrà da piangere, – pensò, – stringerò la mano di Paolo e chiuderò gli occhi».

Dopo il mulino bisognava abbandonare la strada che attraversava il bosco e prendere il sentiero della collina. Paolo, che precedeva la sorella, si fermò a raccattare un grosso bastone, che gli serví ad abbattere le ortiche che crescevano all'ingresso della grotta. Paolo notò subito che in qualche punto le ortiche erano calpestate, ma non disse nulla per non allarmare la sorella.

«Saranno venuti altri ragazzi», immaginò fra sé.

Accese la lampadina tascabile, prese la mano che Graziella gli tendeva con un gesto implorante, ed entrò.

La grotta, alla luce della pila, si rivelò stretta e piuttosto bassa. Dopo pochi passi il camminamento piegava a sinistra e quasi subito si allargava a formare un vero e proprio vano, appena piú piccolo di una stanza. Paolo sentí che Graziella si irrigidiva e che la stretta della sua mano si faceva convulsa. Fece ruotare rapidamente il cono di luce e vide anche lui: in un angolo della grotta, seduto con le spalle al muro, stava uno strano vecchio, avvolto in un mantello nero. Ma la cosa piú strana e terribile era il suo cappello: un cono nero, trapunto di stelle d'argento...

– Cosa volete? – disse il vecchio con voce profonda, rimanendo immobile nel suo angolo.

– Noi... ecco... – balbettò Paolo, – ...ci scusi tanto, signore...

– Bambini, – disse il vecchio. – Meglio cosí. Sedetevi.

– Grazie, – rispose Paolo, inghiottendo saliva, – veramente... la mamma ci aspetta...

– Sedetevi e fatemi un po' di compagnia. Non vi mangio mica.

Paolo e Graziella si accoccolarono dove si trovavano, senza fare un passo avanti. Il vecchio ebbe un breve sorriso. Ma subito riprese la sua aria triste.

– Lei abita qui? – domandò Paolo, solo per dir qualcosa. Intanto aveva preso entrambe le mani di Graziella tra le sue, per farle coraggio.

– In un certo senso abito qui, – rispose il

vecchio. – Ma sarebbe meglio dire che non abito in nessun posto. Non mi avete ancora riconosciuto? Su, guardatemi meglio.

– È vestito come un mago, – bisbigliò Graziella, nell'orecchio di Paolo. Ma il vecchio la udí lo stesso.

– Un mago, sicuro, – disse scuotendo lentamente il capo. – Un povero mago di una volta. Vi posso anche dire il mio nome: una volta esso faceva paura, adesso può darsi che vi faccia ridere. Mi chiamavano Mago Bireno.

– Ah, ecco, – disse Graziella, – allora è proprio un mago.

– Un mago, un mago. E sapete quanti anni ho?

– Ne avrà come il nostro nonno, credo: una settantina, – disse Paolo.

– Ne avevo giusto settantadue quando sono morto per la prima volta.

– Morto? – gridò Graziella, ricominciando a tremare.

– Allora lei è un fantasma? – domandò Paolo, in cui la curiosità vinceva la paura.

– No, no. Adesso vi spiego. Sono morto cinquemila anni fa, ma sono condannato a rinascere ogni mille anni per qualche giorno, fin che mi capita di fare qualche magia, dopo di che me ne posso tornare a riposare. Stavolta, però, non so come andranno le cose. Ho una gran paura che mi toccherà restare sulla terra per chissà quanto tempo, vecchio come sono, senza famiglia, senza nessuno, senza un soldo.

– Un mago come lei! Ma come può essere?

– Giudicate voi stessi. Sono tornato in vita una settimana fa, dalle parti di Benevento. Per prima cosa sono stato arrestato e messo in prigione, perché il mio costume «turbava l'ordine pubblico». Pensavano che mi fossi mascherato. E non era Carnevale... Be', dalla prigione naturalmente sono uscito con facilità. Ho trasformato le sbarre di ferro in grissini, e me li sono mangiati.

– Ma allora una magia l'ha già fatta!

– Già, ma soltanto per mio vantaggio. La magia dev'essere un regalo fatto ad altri, mi spiego? Cosa può regalare, un povero mago, a un uomo del giorno d'oggi? Potrei dargli un tappeto volante, ma lui mi direbbe che l'aeroplano è piú comodo e piú veloce. Io ho una boccia di cristallo per vedere a distanza; ma voi avete la televisione, e della mia boccia non sapete che farvene. Una volta solo i maghi potevano sentire quel che veniva detto dall'altra parte del mondo: ma voi, adesso, avete la radio e il telefono! Avete fabbriche dove trasformate il vetro in tessuto: fate piú magie voi con la chimica che tutti i maghi di una volta con le loro bacchette magiche. In conclusione, sono una persona assolutamente inutile.

– Poveretto, – mormorò Graziella, che ascoltando il racconto del mago era passata dalla paura alla compassione.

Bireno sospirò e riprese a parlare. Chi lo fermava piú? Era stato zitto mille anni, dall'ultima volta, e aveva bisogno di sfogarsi. Le ore passavano, e i due fratelli non si stancavano di ascoltarlo.

A un tratto Paolo gridò, come se l'avesse punto una vespa: – O poveri noi! È mezzogiorno, e non abbiamo colto nemmeno una mora. Chissà come ci sgriderà la mamma!

– O poveri noi, – gli fece eco Graziella. Ma poi balzò in piedi, eccitata, ed esclamò. – Signor mago, ecco l'occasione che cercava! Faccia una piccola magia per noi...

Mago Bireno guardò incredulo il cestello vuoto che la bimba gli tendeva. Poi sorrise, lo toccò quasi distrattamente con una lunga bacchetta che gli era comparsa tra le mani chissà da dove e il cestello si riempí di more grosse e profumate.

– Che bellezza! Grazie, caro Mago Bireno. Lei è un tesoro.

Il vecchio mago scosse il capo.

– Eh, ci vuol altro perché io possa tornare a riposare...

Si alzò, li accompagnò fin sulla soglia della grotta e li salutò con quella sua aria affettuosa e triste.

– Tornate a trovarmi, – disse mentre i bambini correvano via.

Ci tornarono quasi ogni giorno, per tutta la durata della villeggiatura, ma il vecchio Mago non si fece piú rivedere. E poi, chissà se l'avevano visto davvero o avevano fantasticato, mentre coglievano more intorno alla grotta misteriosa?

# Pacchetto va al mare

Una volta Motti, che era il ladro piú intelligente della città, secondo l'opinione dell'ispettore Geronimo, andò a trovare Pacchetto e gli disse: – Secondo me, tu avresti bisogno di passare un mesetto al mare.

– Per carità, – rispose Pacchetto, che al volo non capiva mai nulla, – con i miei reumatismi...

– Ti dico che andrai al mare. Ho già prenotato una stanza per te per tutto il mese di agosto alla Pensione Azzurra, sulla spiaggia di X.

– Motti, tu vuoi la mia rovina! Io debbo andare a far la cura dei fanghi.

Motti, senza perdere la calma, espose al collega il suo progetto. Con Pacchetto bisognava aver pazienza: il suo cervello camminava sempre a piccola velocità, come certi treni merci che portano ghiaia e si addormentano a tutte le stazioni. L'ispettore Geronimo lo diceva sempre all'agente De Dominicis: – Motti si tiene Pacchetto come tu terresti un gatto, per pura affezione. Sa che è stupido, ma ha bisogno di sentirselo attorno.

Fu cosí che Pacchetto partí per il mare e si presentò alla Pensione Azzurra con la sua bella valigia nuova, con una carta d'identità che lo dichiarava «benestante» e una radiolina al collo.

– Guardi, – gli disse la padrona della pensione, con un'occhiata severa, – che abbiamo la campagna del silenzio. Niente radioline sulla spiaggia e niente radioline in pensione dalle quattordici alle diciotto e dalle ventidue in poi.

– Questa? – sorrise Pacchetto, toccando la radiolina. – La porto piú che altro per bellezza. Mi fa compagnia, ecco. Ma non l'accendo mai, la musica mi dà fastidio.

– Bravo, – approvò la padrona della Pensione Azzurra.

A cento chilometri di distanza, comodamente sdraiato su un divano in camera sua, Motti sorrise a quel «bravo». Lui sí che era stato «bravo» a ideare la radio trasmittente che Pacchetto portava al collo e che pareva un comune «transistor» di quelli con cui i patiti di calcio, la domenica, ascoltano la partita. Accanto a Motti, su un tavolino, stava la radiolina ricevente, un gioiello di ingegneria e di eleganza.

Prima di sera Pacchetto, con la sua aria cordiale e un po' sciocca, era già riuscito a far conoscenza con tutti i clienti della Pensione Azzurra. E Motti, ascoltando a distanza le sue conversazioni con un blocchetto d'appunti alla mano, si era già fatto un elenco di nomi:

– *La signora Borello*... Ah, sí, dev'essere la moglie di quell'industriale delle ceramiche. *La signora Bortini*: già, quel negozio di calzature al Corso. *La signora Meloncelli*... Chi sarà mai? Ci sono! La moglie di quel famoso avvocato...

Il giorno dopo Pacchetto si recò sulla spiaggia, con la radiolina a tracolla. Qualcuno, sulle prime, lo guardò di traverso: ma ben presto tutti compresero che Pacchetto non aveva la minima intenzione di infrangere la legge del silenzio. Il simpatico signore benestante fece molte conoscenze, scherzò con i bambini, fece complimenti alle signore, vagò da un ombrellone all'altro come un calabrone. Motti ascoltò tutte le conversazioni che gli giungevano attraverso la radiolina e prese appunti. Cosí fece nei due giorni seguenti. Il terzo giorno era sabato e Motti, senza aver abbandonato la città, senza nemmeno essere uscito dalla sua stanza, sapeva ormai che quella sera l'avvocato Meloncelli, il gioielliere Tansillo e il pellicciaio Conforti si sarebbero recati al mare per visitare le rispettive famiglie in villeggiatura. Alcuni tra gli appartamenti piú ricchi della città e non pochi negozi appetitosi sarebbero rimasti, la notte del sabato e tutta la domenica, assolutamente deserti ed abbandonati.

Motti chiuse la radio e si mise al lavoro.

Il lunedí diversi rispettabili cittadini ebbero l'amara sorpresa di scoprire che, in loro assenza, «i soliti ignoti» avevano svaligiato i loro appartamenti e negozi, portando via gli oggetti di maggior valore. Quanto a questo, Motti era scrupoloso: un candelabro di falso argento non lo avrebbe mai toccato nemmeno con i guanti.

Per tre settimane il sistema funzionò alla perfezione. Pacchetto, al mare, era diventato popolarissimo, conosceva tutti, tutti lo conoscevano e facevano a gara a dargli utili informazioni. Motti, sempre incollato alla radiolina, per sei giorni prendeva appunti: il settimo lavorava.

– De Dominicis, – esclamò un lunedí mattina l'ispettore Geronimo, – non le sembra strano che i ladri visitino sempre e soltanto gli appartamenti dei nostri buoni cittadini che hanno la famiglia sulla spiaggia

di X? Guardi, osservi queste pratiche... L'avvocato Meloncelli era andato a far visita alla signora *alla Pensione Azzurra*... Il gioielliere Tansillo *idem*... L'industriale Tibiletto, *lo stesso*... Le andrebbe di fare una passeggiatina al mare?

L'agente De Dominicis non se lo fece dire due volte. Corse a X, trovò per miracolo una camera alla Pensione Verderame, fece una capatina alla spiaggia e vide Pacchetto.

«Pacchetto? – pensò. – Allora Motti ci cova. Ma non facciamoci vedere, altrimenti quello si mette in allarme».

Indagò discretamente, seppe che Pacchetto alloggiava alla Pensione Azzurra, si informò sulle telefonate interurbane ed ebbe una prima sorpresa: da quando stava al mare Pacchetto non aveva mai telefonato in città. Possibile che si servisse della posta, per trasmettere a Motti le sue informazioni?

– Non è possibile, – gli disse quella sera, al telefono, l'ispettore Geronimo, dopo aver ascoltato il suo rapporto, – Pacchetto è semianalfabeta.

– Allora non c'entra. E non c'entra nemmeno Motti.

– Lo tenga d'occhio lo stesso. A Motti ci penserò io.

Venne il sabato. Quel pomeriggio la radio doveva trasmettere in diretta la partita di calcio tra l'Italia e la Polonia. De Dominicis, dopo aver ben riflettuto, decise che avrebbe dedicato un intervallo delle sue indagini ad ascoltare la radiocronaca, in un caffè sul Lungomare. Fece un po' tardi, però, e quando entrò nel caffè una folla densa e accaldata lo divideva dall'apparecchio radio. Ma chi c'era, là in primissima fila, con l'orecchio incollato all'altoparlante? Pacchetto in persona, con l'espressione sofferente del tifoso in angustie.

«Strano, – pensò De Dominicis, – se avessi io quella bella radiolina di Pacchetto, non starei qua dentro a sudare per sentire la partita: me ne andrei in pineta, al fresco e...»

Qualcosa, a questo punto, scattò nel cervello dell'agente De Dominicis. Egli attese la fine della partita, accostò Pacchetto, che lo salutò sorridendo, e gli domandò:

– La sua radiolina è rotta?

– È proprio rotta, – sospirò Pacchetto, – deve avere la batteria scarica.

– Me la fa vedere? Io me ne intendo, di radio.

E se ne intendeva davvero, il buon De Dominicis. Non fece nessuna fatica a riconoscere una radiotrasmittente e per quanto Pacchetto protestasse... lo impacchettò e lo portò in città.

– Peccato, – disse all'ispettore Geronimo,

consegnandogli i prigionieri, – che non ci siano prove. Con questa radiolina Pacchetto avrebbe potuto mantenersi in contatto con Motti.

– Le prove ci sono, – sorrise l'ispettore. E spingendo la levetta azionò il magnetofono che teneva sulla scrivania. Si sentí la voce di Pacchetto che scambiava complimenti con la signora Fogliani, moglie del noto milionario.

– Abbiamo aspettato che Motti uscisse per comprarsi la cena, – spiegò l'ispettore, – e gli abbiamo nascosto un registratore sotto il divano. Motti è ingegnoso, aveva tanto raccomandato a Pacchetto di tenere la radiolina in tasca. Ma Pacchetto ha voluto fare l'elegantone. Quando lei mi ha telefonato che girava sempre con una radiolina spenta al collo, ho immaginato la soluzione. E ho fatto centro.

# La trappola del tempo

Gino abitava con i genitori in una frazione di montagna, poche centinaia di metri sopra il paese. Ogni mattina scendeva in paese a scuola, attraverso un bel castagneto, bello a tutte le stagioni: d'estate, per l'ombra ronzante d'insetti, d'autunno per l'oro delle foglie e la pioggia dei ricci colmi di castagne, d'inverno per la neve che durava a lungo bianca intorno ai ceppi. E c'era sempre qualche scoperta da fare: il primo bucaneve, la prima fragola, un fagiano che scappava nel folto, le orme di una volpe nel fango.

Una mattina Gino, mentre scendeva dondolando la cartella, vide lo zio Anselmo che saliva dal paese con il fucile a tracolla e il cane pazzo di gioia perché l'avevano slegato. Lo zio non poteva ancora vederlo.

«Mi voglio nascondere per fargli uno scherzo, – pensò Gino. – Ecco, là dentro andrà bene».

E si diresse senza fare rumore verso un

vecchio castagno nel quale il fulmine, anni addietro, aveva scavato una nicchia bruciacchiata. Entrando nel cavo dell'albero guardava in su, nella speranza di vedere la civetta che talvolta vi si rifugiava. E cosí, guardando in alto, dove il buio si richiudeva rapidamente sulla sua testa, precipitò giú, giú per un lungo, interminabile tunnel odoroso di radici, di terra, di foglie marcite, sempre piú giú, in un'oscurità completa e ovattata, senza farsi male, senza avvertire nessun disturbo al respiro e quasi senza paura. Lo stupore aveva cancellato tutti i suoi pensieri. E quando si riprese abbastanza per domandarsi: – Ma che succede? – ecco che era arrivato. Dove? Non poteva saperlo. Sapeva soltanto che la caduta era cessata, che egli si trovava a sedere su qualcosa di morbido, forse una balla di fieno, e che intorno a lui il buio non era piú tanto fitto, da alcune fessure penetrava una luce smorta, sufficiente a fargli capire che era finito in un ambiente vasto, spazioso e fresco.

«È una cantina? – si domandò Gino, meravigliato. – Strano, nessuno mi ha mai detto che c'era una cantina sotto il castagno colpito dal fulmine».

Una luce si accese all'improvviso e Gino si vide in un ampio locale ingombro di strane macchine. Sulla soglia, stava colui che aveva acceso la luce: un uomo di statura assai alta, vestito di una tuta nera, con gli occhiali dalle lenti spesse, che gli brillavano nel cranio ossuto, completamente calvo.

La parola «mago» corse per un attimo nell'immaginazione di Gino, nello stesso momento in cui il misterioso personaggio gli rivolgeva la parola, con voce secca e dura:

– Che cosa vuoi? Che cosa fai lí? Come sei entrato?

Gino inghiottí senza rispondere.

– Sei muto?

Il «mago» avanzò verso di lui, dopo aver dato un'occhiata in giro, come per assicurarsi che ogni cosa fosse ancora al suo posto. Gino si sentí studiato e frugato dalla testa ai piedi e ancora una volta dai piedi alla testa da due occhi sottili e senza espressione.

– Secolo Ventesimo, direi, – mormorò tra sé il «mago».

Gino si faceva piccolo piccolo nella sua gabbia. Già, perché una robusta inferriata lo divideva dal «mago» e lo circondava da tre lati. Alle sue spalle era il muro. Il pavimento della gabbia era coperto da un grosso e rozzo materasso.

Il «mago» aprí il cancello della gabbia e gli fece segno di uscire.

– Non era per te, – diceva intanto, – tu non sei una volpe.

Gino si alzò e uscí dal cancello, senza parlare. Il «mago» continuava ad osservarlo con un mezzo sorriso ironico.

– Cominciamo da capo, – disse poi. – Come ti chiami?

– Gino.

– In che anno sei nato?

– Nel 1956.

– Appunto, – commentò il «mago». – Secolo Ventesimo. E sai in che anno ci troviamo adesso?

– Nel 1965, – rispose Gino.

– È qui che sbagli. Un momento fa *ti trovavi*, non dico di no, nel 1965. Ma ora *ti trovi* nel 2438. Bisognerà che ti abitui alla nuova data...

– Io non capisco, – disse Gino.

– Col tempo capirai.

– Col tempo? Ma io voglio tornare a casa mia. A quest'ora dovrei già essere a scuola.

– Mettiti il cuore in pace, ragazzo mio: purtroppo non potrai piú rivedere né la tua casa né la tua scuola. Ma in questa casa c'è posto anche per te, e scuole, da noi, non ne mancano davvero.

– Ma perché? Perché? – gridò Gino, in un impeto d'angoscia. – Io non voglio restare qui, non voglio!

E senza saper bene quel che cercava si volse verso la gabbia di dove era appena uscito. Dietro e sopra la gabbia non si vedevano che il muro e il soffitto. Nessuna traccia dell'apertura per la quale doveva pur essere passato.

Il «mago» tornò a sorridere.

– Vedi bene che non puoi tornare. Una gabbia non è una strada. Ascoltami. Tu mi sembri un ragazzo intelligente, voglio spiegarti quel che ti è capitato. La cosa ti sembrerà strana, ma io sono un cacciatore. C'erano, al tempo tuo, cacciatori?

– Certo. Anche mio zio è un cacciatore.

– Ecco, ma essi andavano a caccia nei boschi, nelle brughiere, sulle montagne, nelle steppe. Da allora, cioè dal tuo tempo, sono passati quasi cinquecento anni. Te l'ho detto: ci troviamo nel 2438. Sulla Terra non vi sono piú né boschi né foreste. La Terra non è che un'unica, immensa città, che si stende da un mare all'altro, da un polo all'altro. Non c'è posto davvero, ormai, sul nostro pianeta, per lepri e volpi, per tassi e conigli selvatici, per marmotte e cinghiali e cervi e tigri e leoni. Del resto noi non ci nutriamo piú di carne. La chimica pensa alla nostra tavola. Però amiamo gli animali. Nei nostri giardini e nei nostri parchi, vi sono piccole zone riservate, dove teniamo qualche esemplare, pochi, purtroppo, e non sempre in grado di riprodursi. Cosí, di tanto in tanto, dobbiamo rifornirci di nuovi animali. Perciò andiamo a caccia. E dove? *Nel tempo*, figliolo. Possediamo macchine e conoscenze scientifiche sufficienti per farci viaggiare nel tempo. Mettiamo le nostre trappole nei boschi del passato, e attiriamo fino a noi gli animali che ci servono. Tu sei caduto in una di queste trappole, invece della volpe ch'io aspettavo.

Lo strano cacciatore fece una pausa e si passò una mano sul cranio calvo, con un gesto pensoso. – Vedi bene, – disse poi, – ch'io non posso rimandarti nel tuo tempo. Tu parleresti, riveleresti a tutti che gli uomini del futuro possono calare tra voi... Pensa al terrore che si diffonderebbe sulla Terra. La gente è cosí facile a spaventarsi di ciò che è insolito e strano.

La porta si aperse, e una ragazzina sui dodici anni si affacciò, curiosa. Anche lei vestiva una comoda tuta, di color zafferano. Entrò e disse:

– Mi hai chiamato, papà? Oh, guarda, un bambino. Che strani vestiti! Chi è?

– Domandalo a lui, – rispose il cacciatore. – Si chiama Gino.

– Io mi chiamo Dea, – disse la bambina, – vuoi venire?

– Va con lei, – ordinò a Gino il cacciatore. – Essa ti mostrerà la casa e la città. Falle tutte le domande che credi. A pranzo ci rivedremo e parleremo del tuo futuro. Io ho da fare con le mie trappole.

Gino si avviò con Dea. Un ascensore velocissimo portò i due ragazzi su un terrazzo dal quale si godeva un vasto panorama della città. Qualcosa, in quel panorama, colpí Gino con un'aria familiare. Certe linee delle colline e delle montagne che si inseguivano a perdita d'occhio, dovunque coperte di ville e grattacieli, gli pareva d'averle già viste.

Improvvisamente capí: quella era la sua valle! Era scomparso il castagneto, non c'era piú l'antico villaggio circondato dai campi, e al posto della sua casa, nella frazione arrampicata sul fianco del monte, c'era il terrazzo di un eliporto... Ma era la sua valle, ancora riconoscibile come un disegno sotto la confusione dei colori.

– La mia casa era lassú, – disse Gino.

– Perché dici «era»? – lo corresse Dea. – Nel tuo tempo essa è ancora là dove tu l'hai lasciata.

Gino le aveva già raccontata la sua avventura.

– Vuoi rivedere la tua casa? – domandò Dea, allegramente. Lo prese per mano e lo portò in una camera senza finestre, con le pareti interamente ricoperte da scaffali su cui stavano ammonticchiate in gran numero certe scatole piatte e rotonde.

– Qui conserviamo i film del passato, – spiegò Dea. – Mio padre, prima di mettere le sue trappole, gira dei film dei luoghi del passato, per studiarli con attenzione, per vedere che animali li abitano, per conoscerne le abitudini, e cosí via. Come si chiama il tuo paese?

Gino le disse il nome. Dea sfogliò svelta uno schedario.

– L'ho trovato, – annunciò.

Da uno scaffale prese una delle scatole, ne tolse un rotolo di pellicola e lo sistemò su un proiettore. Premette un bottone e uno schermo bianco scese dal soffitto a coprire una delle pareti. Premette un altro bottone, le luci si spensero, e sullo schermo comparve il titolo della pellicola: era il nome del paese di Gino, seguito dalla data: 1965.

Ed ecco il suo bosco, ecco il castagno scavato dal fulmine, il sentiero da cui poco prima (*o cinquecento anni prima!?*) saliva lo zio con il cane che gli faceva festa intorno agli stivali. Ecco un gruppetto di case, un cortile lastricato di pietre, la porta della sua casa, il balcone... e sul balcone la mamma che sbatteva le lenzuola.

– Mamma! – gridò Gino. – Mamma! – E scoppiò in singhiozzi.

Dea riaccese le luci, ripose la pellicola nella scatola, senza parlare. Stava già per allontanarsi dallo scaffale quando le sfuggí un'esclamazione: – Guarda, c'è un altro film sul tuo paese. È del 1980... quindici anni piú tardi. Vuoi vederlo?

Gino non le rispose, continuando a singhiozzare.

Dea ricaricò il proiettore e spense le luci.

– Guarda, – disse poi, – non è il tuo bosco, quello? Sí, sí, riconosco il castagno bruciato... Il tuo cortile. Oh...

Una nota di dolore nella voce di Dea costrinse Gino ad alzare gli occhi. E vide il suo cortile, la sua casa... Anzi, quello che era stata la sua casa: perché la piccola frazione non era che un informe ammasso di rovine... come se ci fosse passata sopra una valanga, o un'alluvione...

– Vedi? – disse Dea. – Non vale nemmeno la pena che tu torni. Resta tra noi. Avrai una vita sicura, piú ricca. Voi eravate poveri, vero? Questa casa è cento volte piú bella della tua, anche quando non era ridotta cosí. Mio padre e mia madre non hanno altri figli che me: saremo come fratelli...

– Tu non puoi capire, – gridò Gino, tra le lagrime, – la mia vita è quella, non questa.

La mia casa è quella là, è quella là la mia mamma! Io voglio vivere nel mio tempo, qualunque cosa succeda. Voglio vivere con la mia gente, affrontare con loro qualsiasi dolore. Tu non puoi capire, perché per te quello non è che un film da vedere, una favola lontana, come quando si guarda un documentario alla televisione.

Dea riaccese per la seconda volta le luci e ripose il film, pensosa. – Il babbo non vuole che tu ritorni nel tuo tempo, – disse poi, con tristezza. – E io non posso aiutarti.

– Lo so, – disse Gino, calmandosi un poco. – Lo so. Eppure...

Passarono i giorni, i mesi, gli anni. Gino era cresciuto nella casa del cacciatore, era diventato ormai un giovanotto grande e grosso. Apparentemente si era consolato e rassegnato alla sua nuova vita. Quelli che non conoscevano la sua storia, però, lo giudicavano troppo serio, quasi severo...

– Quel nipote del cacciatore, venuto tempo fa dalla Svizzera, nessuno l'ha mai visto sorridere. Strano tipo. Chissà a che cosa pensa?

Gino pensava infatti a una cosa, aveva un pensiero fisso, che non lo abbandonava mai, né di giorno né di notte. Aveva un piano, e aspettava con pazienza di poterlo mettere in atto. Intanto, era cortese e gentile con la sua nuova famiglia, soprattutto con Dea, che gli voleva bene come a un fratello...

E che cosa studiava, passando ore ed ore sui libri, senza mai lasciarsi distrarre dai giochi e dai passatempi della gioventú? Studiava, studiava sempre.

E quando gli parve di aver ben capito ciò che aveva studiato, una notte, aspettò che in casa tutti dormissero, lasciò un biglietto affettuoso sulla sua scrivania e scese nel sotterraneo. Le macchine per la caccia nel tempo erano sempre lí, come se lo avessero aspettato per tutti quegli anni. La gabbia era la stessa di allora. Ma adesso Gino sapeva come fare per tornare nel suo tempo, nel suo mondo, negli stessi panni di prima... Su questo punto Gino la sapeva assai piú lunga del cacciatore, perché nei libri del 2438 aveva scoperto ogni sorta di segreti...

Manovrò silenziosamente tra gli apparecchi del cacciatore, prolungò certi fili, aggiunse certe minuscole valvole nei punti adatti, infine entrò nella gabbia, stringendo nervosamente tra le dita un pulsante per comandare le macchine a distanza. Richiuse la gabbia, diede un'occhiata in giro e schiacciò il pulsante...

Un'aria buia, umida e odorosa di terra lo risucchiò nel tunnel del tempo... Un rumore assordante gli gonfiò il cervello... Svenne...

Qualcosa che lo urtò dietro la nuca lo fece rinvenire. Aprí gli occhi in tempo per vedere la civetta che si arrampicava nell'interno del castagno... Riabbassò gli occhi: le foglie morte, umide di brina, scintillavano al sole... Un cane abbaiava...

Gino si sporse dall'albero e vide lo zio che saliva per il sentiero, ansando un po', perché l'età cominciava ad appesantirlo. Ma non ebbe la pazienza di aspettarlo per fargli lo scherzo che aveva progettato. Corse fuori saltando e dondolando la cartella (sicuro, la cartella, la vecchia amata cartella era ancora nelle sue mani!), chiamò il cane con un fischio e si buttò giú, a valanga, per il sentiero. Non aveva bisogno di guardarsi intorno per riconoscere il suo bosco: se lo sentiva addosso come un vestito caldo, comodo e fatto per lui, e si sentiva addosso il suo tempo, come una pelle viva... e sapeva che pochi passi piú in su la mamma stava rifacendo le stanze... e poche centinaia di metri piú in giú lo aspettava la sua scuola d'ogni mattina. Che meraviglia!

– Zio, vai a caccia?

– No, vado a pescare. Non vedi il fucile?

Lo zio gli sorrise allegramente. Ma ancora piú allegramente sorrideva, con il cuore che gli faceva le capriole in petto per la gioia,

Gino, ritornato all'anno, al mese, al giorno, al minuto di prima, per ricominciare la vita tra le persone che amava, nel mondo che gli era toccato in sorte.

# Sole e saponette

Una volta fui assunto da un'agenzia pubblicitaria. Vi spiego cos'è. È un ufficio dove lavorano specialisti in pubblicità, ovverosia réclame. La réclame è l'anima del commercio. Per esempio, c'è una ditta che fabbrica cannoni e non riesce a venderli. Allora va dall'agenzia pubblicitaria e dice: – Cosí e cosí, tiratemi un po' fuori qualche bella parolina.

Quelli dell'agenzia ci pensano su e provano:

*Chi vuole un vero «bum»*
*usa i cannoni Strum.*

Oppure inventano un bel «carosello»: si vedono dei bambini che giocano col cannone, le mamme tutte soddisfatte, le nonne che sorridono sferruzzando, mentre una vocina armoniosa canta:

*Oh, che bel cannon,*
*ladondirondirondella,*
*Oh, che bel cannon,*
*ladondirondirondà.*

E cosí via. A me diedero da inventare qualche cosa per una fabbrica di saponette.

– Si sprema bene il cervello, – mi disse il direttore, – queste saponette sono una vera porcheria e non le compra nessuno, lei deve trovare uno slogan convincente.

Si dice slogan una frase breve ed efficace per presentare le virtú di un prodotto. Per esempio: *Questa saponetta è cosí buona che vi verrà voglia di mangiarla*.

La saponetta, però, era davvero uno schifo. Passai tutta la giornata a cercare uno slogan come si deve. Chiudevo gli occhi, cercavo di vedere con l'immaginazione una bella stanza da bagno, pavimento verde e vasca rossa, oppure pavimento bianco e vasca nera... Aprivo mentalmente i rubinetti... Mi pareva di sentire uno scroscio di chiare, fresche e dolci acque...

– Allora, come andiamo?

– Cosí cosí, signor direttore.

– Ma vedo che ha già scritto qualcosa, mi faccia vedere...

– Scritto? No, non ho ancora scritto nulla...

– Ma cosa mi dice? Lí, cosa c'è scritto lí?

Cielo! Avevo scritto dei versetti sul foglio, non me n'ero nemmeno accorto. Il direttore si piegò sulla mia spalla e lesse ad alta voce:

*Incolore,*
*inodore,*
*insapore,*
*lava a tutte le ore!*
*Viva l'acqua!*

– Bene, bene, – mormorò perplesso il direttore, – comincia a venire. Però lasci perdere l'acqua. Lei deve fare la pubblicità alle saponette, non all'acquedotto comunale...

– Scusi tanto, ora riprovo.

Tra me, però, borbottavo: «Sicuro, riprovo. Ma è una bella ingiustizia. Perché nessuno fa mai pubblicità all'acqua? E al sole, perché nessuno gli fa la réclame?»

Il sole! Che argomento magnifico! In pochi attimi riempii un altro foglio di ottimi versetti pubblicitari:

*Preferite il sole,*
*l'amico del mattino!*
*Se lo prendete con cura*
*vi regaliamo venti punti*
*per una bella*
*abbronzatura.*

Splendida idea! Vedevo già i bagnini che si aggiravano per le spiagge, distribuendo punti-regalo ai bagnanti...

«Via, via, – dissi a me stesso severamente, – torniamo al lavoro propriamente detto. Tema: la saponetta Flix. *Le ore del mattino hanno Flix in bocca!* ...Ih, puah! La saponetta in bocca: pazienza il dentifricio... Proviamo con le ore della sera: dopo tutto bisogna lavarsi anche prima di andare a dormire...»

Mi bastò pensare alla sera perché dentro di me scattasse una molla. La sera. Le stelle. Eccole lassú, a migliaia, a miliardi...

*Premiata ditta*
*Firmamento:*
*stelle garantite*
*al cento per cento.*

– Firmamento? No, guardi che la ditta si chiama Flix!

Aiuto, di nuovo il direttore. Leggeva i miei foglietti e crollava il capo, con aria di rimprovero.

– Non ci siamo, non ci siamo! Lei si distrae troppo. Deve concentrarsi, capisce? Concentrarsi sulla sua saponetta... A proposito, dove l'ha messa?

– Cosa?

– La saponetta che le avevo dato per stimolare la sua ispirazione.

– Qui...

L'avevo messa in un cassetto, nel cassetto piú basso della scrivania, in fondo al cassetto.

– Il profumo mi dava un po' di mal di testa...

– Bravo, vada in giro a dirlo, e mi farà perdere l'affare. Su, si concentri. Lei mi è stato molto raccomandato, mi è stato descritto come un giovanotto pieno di fantasia, un autentico poeta. Le do ancora un paio d'ore, eh?

– Grazie, signor direttore.

In quelle due ore, mi vennero in mente decine di avvisi pubblicitari, centinaia di slogan, uno piú bello dell'altro... Anche sui gatti. Io amavo molto i gatti, a quel tempo. E adesso li amo anche di piú. Mi veniva in mente un povero gatto randagio, senza piattino con il latte, senza un posticino vicino al termosifone, e pensavo degli avvisi per lui, per trovargli una casa, degli amici:

*Se avete in casa i topi*
*non vi serve un cammello:*
*prendete un gatto!*

*Il coccodrillo è piú lungo*
*ma il gatto è meno pericoloso.*

Pensavo perfino ai calendari. Perché non si fa un po' di pubblicità al futuro?

*Il Duemila è vicino!*
*Visitatelo!*

Pare che la gente abbia sempre in mente di visitare il duomo di Orvieto o il chiostro di Monreale... Nelle stazioni si legge: «*Visitate la Sicilia!*» Certo, la Sicilia è bellissima: solo chi non c'è stato non lo sa. Ma anche il Duemila, secondo me, sarà bellissimo.

Mi veniva in mente di tutto, ma niente sulle saponette.

– Pazienza, – disse il direttore, quella sera, – ritenterà domani. Nel nostro mestiere, capitano le giornate nere (ha sentito la rima?), si vede che lei ha cominciato con una di quelle.

Balbettai un saluto e uscii dall'ufficio con la testa che fumava. Appena fuori, l'aria fresca mi accolse come una doccia ristoratrice. Ecco, e subito mi venne in mente un bell'avviso che diceva:

*Con aria pura*
*gioia sicura!*

Pochissime parole, una rima facile facile da ricordare: uno slogan perfetto. Peccato che alla mia agenzia non interessasse fare pubblicità all'aria fresca...

*Guardatevi*
*dalle sofisticazioni:*
*esigete aria*
*col marchio di garanzia.*

Qui non c'era la rima, ma il concetto era chiaro. Nella pubblicità è importante essere chiari, far capire subito alla gente di che si tratta, comunicare il massimo di informazioni nel modo piú incisivo. Certe volte basta la parola:

*Aria!*
*Ariaaaaaa!*

Mentre camminavo, incrociai un signore straordinario. Un momento, lui, in sé, non era tanto straordinario: era distinto, vestito di scuro, non aveva nemmeno la barba. Ma che cosa stava facendo? Fate bene attenzione: eccolo che leva di tasca un pacchettino di cartone, ne estrae un tubetto di carta e se lo mette in bocca, poi prende un cerino, lo accende, lo accosta al tubetto... e comincia a cacciar fumo dalla bocca e dal naso! Mi fermo, voglio ben vedere se nessuno dice niente! Macché: la gente gli passa accanto e non si volta neanche. Tutti fingono di non vedere. Anzi, altri fanno come lui: si cacciano in bocca dei piccoli cilindri lunghi circa sette centimetri, vi appiccano il fuoco e soffiano fumo da tutte le parti.

Insomma, c'è gente che non ama l'aria. C'è sí o no? E perché allora nessuno fa un po' di réclame all'aria? Io non ci capisco niente.

S'intende che il giorno dopo, invece di tornare all'agenzia pubblicitaria, mandai una letterina al direttore, con le mie dimissioni.

Nella letterina scrivevo cosí:

*Stim.mo signor Direttore,*
*la ringrazio dell'utile esperienza che Ella mi ha dato l'occasione di compiere lavorando, sia pure per un sol giorno, nel suo ufficio. Ho scoperto, in quelle poche ore, cose di grande interesse, su cui credo necessario meditare. Da oggi il mio posto è libero. Ma non voglio separarmi da lei senza regalarle un avviso pubblicitario che mi è venuto in mente stanotte e che mi sembra passabile:*

*FUMATE ARIA!*
*SPENDERETE DI MENO*
*VIVRETE PIÚ A LUNGO.*

# La bambina dai capelli d'oro

Un giorno, in casa di certi contadini, a metà strada fra il paese e i boschi, nacque una bambina dai capelli d'oro.

– Che bella biondina, – dissero i vicini quando la videro.

Era stata chiamata Rita, ma i vicini continuarono a chiamarla «Bella Biondina» anche quando crebbe e cominciò a sgambettare in cortile. Da quelle parti tutti hanno i capelli neri, quelli biondi sono una rarità. La madre e il padre di Rita avevano un pensiero, perché i capelli della loro bambina parevano piú duretti del normale.

– Sembrano i peli di una spazzola, – disse una sera il padre. E prese l'abitudine di chiamare Rita, affettuosamente, «Spazzolina».

La madre di Rita aveva un fratello, che viveva in una città lontana e non aveva ancora visto la nipotina. Viaggiando per affari, si trovò a passare da quelle parti e decise di fare una visita per portare un regalo a Rita.

Anche lui fu colpito dalla bellezza dei capelli della bambina. Li accarezzò e rimase perplesso.

– È una «Spazzolina», – disse il padre.

Il visitatore lo guardò con una strana espressione.

– Ma davvero non avete ancora capito?

– Che cosa?

– Cognato mio e tu, cara sorella, avete in casa un tesoro e non ve ne siete accorti. Questi capelli non sono soltanto color dell'oro: sono d'oro, proprio. Oro del piú fino.

– Ma cosa dici...

– Oro, di quello con cui si fanno gli anelli, i braccialetti, le monete d'oro...

Il padre e la madre di Rita non ci volevano credere. Erano anche un po' spaventati, senza sapere bene perché. Si dovettero convincere che il parente diceva il vero, però. Un orefice, cui avevano portato da esaminare uno di quei fragili fili splendenti, sentenziò: – Oro, oro. Ve lo compro.

«Una miniera d'oro vivente», pensò lo zio di Rita. Ora pareva che non avesse piú nessuna fretta di ripartire per i suoi affari.

– Sorella mia, cognato carissimo, resterò qualche giorno con voi. Però mi dovete fare un piacere. Voi vedete come Rita gioca in cortile, con gli altri bambini. Corrono, saltano, si accapigliano: cosí non va. È pericoloso. I capelli possono cadere, e ognuno di essi vale una fortuna. Bisogna che Rita se ne stia in casa, calma e tranquilla. Le comprerò delle bambole, giocherà con quelle. Le comprerò anche una bella parrucca, che le nasconda i capelli veri: se altri scoprissero che sono d'oro ne potrebbe venire un guaio...

I genitori di Rita sospirarono confusi, ma non osarono opporsi. Il parente sapeva sempre cosí bene quel che si doveva fare, veniva dalla città, conosceva il mondo...

Cosí cambiò la vita della bambina, da un giorno all'altro. La parrucca... il divieto di giocare in cortile... non saltare, non ballare... camminare piano, piano. Sempre gli occhi dello zio puntati addosso. Ogni tanto lo zio le tagliava i capelli, li chiudeva in una scatoletta, che andava a depositare nella banca del paese. Rita cresceva, il numero delle scatolette piene d'oro aumentava... lo zio non se n'era piú andato.

Un bel giorno, con una parte dell'oro, fu comprato il podere su cui lavoravano i genitori di Rita. Fu comprata un'automobile. Fu comprata, per lo zio, una grossa motocicletta giapponese.

– Ma che? Avete vinto al Totocalcio? – domandavano i vicini.

I genitori di Rita si facevano piccoli piccoli per non rispondere. Solo la madre, qualche volta, mormorava: – È tutto merito di mio fratello.

– Già, già, un tipo svelto, – approvavano i vicini.

Una sera si presentò una vecchia contadina.

– Ho sentito dire che vostra figlia ha i capelli miracolosi.

– Ma che cosa vi viene in mente?

– Non arrabbiatevi, per favore. Io ho tanto bisogno. Ho questa gamba malata, non posso piú lavorare. Datemi uno solo di quei capelli: mi hanno detto che guariscono tutti i mali che toccano.

– Non è vero, non è vero nulla...

– Vi ho portato questo, è tutto quello che ho, – insisteva la vecchia, mostrando tre fogli da diecimila lire.

Il padre di Rita si alzò per mandarla via; la madre, senza sapere perché, si era messa a piangere. Ma lo zio prese i soldi e promise il capello per il giorno dopo.

– I soldi non si buttano mai via, – spiegò ai parenti. – Se il segreto non è piú un segreto e se la gente è stupida, tanto vale guadagnarci qualcosa.

Dopo la prima vecchia ne venne una seconda, poi una terza, poi tant'altra gente.

Ormai la voce che Rita aveva i capelli miracolosi si era sparsa per le campagne vicine. Lo zio non dava a ciascuno un capello intero, ma solo un frammento, un pezzettino quasi invisibile, avvolto in una foglia di basilico. Lo zio si comprò una villa in paese e mise su un'impresa per i trasporti, con dodici autotreni.

E Rita? Rita era infelice, perché non poteva andare a scuola come gli altri bambini, ma doveva studiare in casa con un professore venuto dalla città. Stava sempre sola. Qualche volta piangeva sulla spalla del padre, che la consolava come poteva:

– Vedrai, ancora un po' e tutto finirà bene.

– Ma come? Ma quando? – domandava Rita. – Perché non mi crescono i capelli come a tutti gli altri? Perché lasciate che lo zio comandi a questo modo?

– Per merito suo abbiamo questa casa, questa terra, l'automobile, tanta roba, anche tu hai tanti vestiti, tante bambole...

Una mattina che era rimasta sola in casa, Rita bruciò tutte le sue bambole nel camino. Quando l'ultima fu diventata cenere, si sentí un pizzicore alla testa. Tocca, corre allo specchio: le era spuntato un bel ciuffetto di capelli neri, lisci come il velluto...

– Ma guarda! – gridò, ballando per la gioia. – Guarda com'era facile... che altro c'è da bruciare? No, l'orso di pezza no, è il mio amico... Ecco, mi strapperò un capello d'oro e lo brucerò. Ma chissà se brucia?

Era proprio una cosa semplicissima: quei capelli d'oro erano le sbarre della sua gabbia. E se a uno non piace stare in gabbia, che cosa deve fare? Deve uscire, dipende solo da lui...

# Il mangiadischi

Oggi è la Giornata del Primo Acquisto. Il mio Bob vi partecipa in bellezza, perché proprio oggi egli compie il tredicesimo anno. La coincidenza è di ottimo augurio. Non capita a molti, direi: stavolta, per esempio, solo Bob e altri due ragazzi festeggiano contemporaneamente il compleanno e il Primo Acquisto. Sarà un caso, ma per le famiglie si risolve in un segno di distinzione che fa piacere. Non si vive di solo pane, vero?

Gliel'ho ricordato anche poco fa, a Bob, uscendo per una corsetta dal tabaccaio, mentre egli finiva di prepararsi per la cerimonia:

– Bel colpo, eh, figliolo! Torta con candeline e musica in piazza.

Il ragazzo non ha potuto rispondermi perché era troppo intento a farsi il nodo alla cravatta. Sono venuto via ridacchiando tra me, un po' commosso.

A quest'ora egli si trova già sulla Piazza del Governo dove, con altri tremila coetanei, riceverà il Primo Acquisto dalle mani del Grande Venditore in persona, diventando in tal modo un cittadino di pieno diritto. Un vero uomo, via.

Io vedrò la cerimonia in Tv, naturalmente. Ormai le cose mi piacciono piú in televisione che dal vero. A parte che è piú comodo, perché si sta in poltrona e non in piedi in mezzo alla ressa a collezionare spintoni, si vede molto meglio, è come essere sul palco delle autorità, in prima fila; tra un'immagine e l'altra si può sorseggiare un Saltim («salta in bocca a tutte le ore»); se capita, poi, di addormentarsi, si fanno sogni piacevoli, cullati dalla musica dell'audio.

Sarà una cerimonia magnifica, favorita da questo bel sole di mezza primavera, che ha voluto fare ai ragazzi il regalo della sua presenza. Ci si mette anche lui a viziarli... Ai miei tempi non c'era nulla del genere. Voglio dire, a parte il sole, che naturalmente poteva esserci o no, a capriccio suo, che le autorità non si preoccupavano troppo dell'educazione dei giovani.

Il mondo è cambiato, da quando io ero ragazzo. Eh, se è cambiato...

Mentre spingo con facilità il mio Carrello, su cui troneggia un frigo da centoventi litri, marca Polus («Il Polo in cucina»), mi viene da sorridere se penso a mio padre, costretto a caricarsi sulle spalle, ai suoi giorni, quel mezzo quintale di lamiera verniciata. Con qualunque tempo, s'intende. Una mattina, ricordo giusto che pioveva, egli mi accompagnava a scuola ed ebbe una fitta al fianco, il primo segnale della malattia che lo portò alla tomba in pochi mesi.

Non potei vedere la sua smorfia di dolore, perché ero corso avanti una decina di passi, dondolando la cartella. Mi voltai quando mi chiamò: stava posando il frigorifero sul muricciolo di una villa.

– Papà, ma che fai?

Equivocò sull'orrore che mi aveva strappato quel grido, perché fece un gesto come per tranquillizzarmi: – Calma, calma, non è nulla.

– Ma non puoi! Ti daranno la multa!

– Un momento solo, – mormorò comprimendosi l'addome con le mani.

– Per carità, lo sai che è proibito, l'Acquisto va tenuto sulle spalle, assolutamente. E se ti vedono i miei compagni e lo dicono al maestro? Sarò castigato per colpa tua, nessuno vorrà piú sedersi nel mio banco. Su, papà, vieni via.

– Ora, ora... Ecco, sta passando.

– Presto, allora, prima che arrivi una

guardia. La gente comincia a incuriosirsi.

Mio padre si ricaricò sulla schiena il frigorifero e si avviò un po' alla cieca, urtando una donna che sopravveniva, curva sotto il peso di una lavatrice.

– Faccia un po' attenzione! Se me la buttava giú la pagava lei, la multa?

– Scusi, mi scusi tanto, signora.

– Che gente, – borbottava quella, allontanandosi, – ma che razza di gente.

Papà, poveretto, non campò abbastanza per assistere alla Grande Rivoluzione in seguito alla quale venne introdotto il Carrello. Avevo vent'anni, io, e modestamente feci la mia parte. Cortei, barricate, grida festose: – Libertà! Libertà! Vogliamo il Carrello!

Il sesto giorno della Grande Rivoluzione l'obbligo di portare l'Acquisto sulle spalle venne abrogato e sostituito, secondo i nostri desideri, con la libertà di caricarlo sul Carrello. Ah, giornate di sogno...

Effettivamente ora non si fa la centesima parte di fatica. Si va via lisci, si può spingere l'Acquisto Annuale Obbligatorio con una mano sola, ci si guarda intorno, ci si sorride, ci si saluta.

– Buongiorno, signora Modica.

– Buongiorno, signor Benigno.

Ecco, per esempio, la signora Modica: dev'essere intorno ai sessantacinque, dico io.

Eppure porta a passeggio una lavatrice delle dimensioni di un monumento con l'eleganza con cui le fanciulle d'altri tempi spingevano il cerchio: usanza frivola, detto fra parentesi, e giustamente dimenticata. Le rotelle gommate frusciano con grazia sul marciapiede.

– Come va, signora Modica?

– Un incanto, signor Benigno.

È la parola giusta: un incanto. I Carrelli, che un tempo erano del tipo piuttosto rozzo usato dai portabagagli alla stazione, si sono trasformati in veicoli splendenti di cromature, quasi civettuoli: molti, infatti, ne adornano le maniglie con bandierine di tutte le nazioni. Sono silenziosi, eppure musicali, grazie ai campanelli segnaletici prescritti dal codice stradale. Il mio è un semplice campanello d'argento, ma non mancano campanelli d'oro: una meta che potrò raggiungere io stesso, penso, tra un paio d'anni, al prossimo scatto di stipendio.

Sui Carrelli, gli Acquisti sono una gioia per gli occhi: frigoriferi, lavatrici, televisori, aspirapolvere, lavastoviglie, magnetofoni stereofonici, proiettori, lucidatrici. Tutti modelli dell'anno, ovviamente. La legge è precisa, su questo punto, e stabilisce severe sanzioni per quanti si aggirassero con un Acquisto invecchiato. È fatto obbligo di circolare muniti di apposita bolletta, con la data e il timbro dell'Ufficio Statale Controllo Acquisti (USCA), che sorveglia le strade con i suoi agenti.

Sulle automobili, gli Acquisti occupano il posto d'onore, alla destra del conducente: il quale, se dovrà percorrere un tratto a piedi, non avrà che da far scendere il Carrello, per trovarsi ad ogni momento nella condizione regolamentare.

Sí, è una soddisfazione vivere in quest'epoca libera e progredita, in un mondo popolato di prodotti d'alto valore tecnico e commerciale, tra uomini animati di spirito civico, che coltivano incessantemente le memorie della Grande Rivoluzione.

– Buongiorno, signor Benigno. Va di fretta?

– Signor Claro, buongiorno a lei. Un pochino di fretta, diciamo. Sa, non vorrei perdermi la trasmissione.

– Alle quindici, già, già. La Giornata del Primo Acquisto. Sbaglio, o lei ci ha per l'appunto un figliuolo?

– Sí. Ha fatto proprio oggi i tredici anni.

– Ah, doppia soddisfazione. Mi permetta di presentare i miei auguri a lei e al suo... al suo...

– Bob, signor Claro.

– Sicuro, Bob, «il rasoio che rade da solo».

– Sí, signor Claro. Il rasoio Bob fu lanciato proprio il giorno che mi nacque il ragazzo. Mia moglie rimase incantata per la coincidenza e volle scegliere quel nome. Ebbe poi dalla Ditta, per questo, un magnifico premio del valore di cinquecento punti.

– Pensa un po'! Bene, non la trattengo. Nuovamente auguri, egregio.

– Grazie. Arrivederla, signor Claro.

Sí, è la festa di Bob. La trasmissione avrà inizio fra... vediamo... fra dodici minuti esatti. Ho tutto il tempo di arrivare a casa e di bermi un buon bicchierino di Saltim, «salta in bocca a tutte le ore». È una soddisfazione poter dare alla società un figlio allevato come il nostro Bob. Glielo dicevo, poco fa, prima di uscire.

– Bob, ragazzo mio, – gli ho detto, – sono fiero di te. Tu da noi hai sempre avuto buoni esempi ed ottimi consigli, noi da te non abbiamo ricevuto che segni d'affetto e di docilità.

Non ha risposto nulla, forse era troppo emozionato. I ragazzi, si sa, ne parlano per anni, della Giornata del Primo Acquisto. Si fanno descrivere la cerimonia cento volte in anticipo: e quel che dirà il Grande Venditore: e quel che dovranno fare: e la banda, le bandiere, eccetera. E già si permettono, quei cari monelli, di guardare piú lontano, di immaginare come sarà, a vent'anni, la Giornata del Primo Carrello, istituita per celebrare degnamente la Grande Rivoluzione. Bei tempi, per i nostri ragazzi. Gliel'ho fatto osservare, a Bob:

– Sei fortunato a vivere in quest'epoca che veramente, e non a chiacchiere, fa largo ai giovani.

Sí, era tanto emozionato che non mi ha nemmeno salutato, quando sono uscito, lasciandogli sul tavolino la busta con il denaro per il Primo Acquisto.

– Non far tardi, – gli ho raccomandato, – sii puntuale all'adunata. Anzi, cerca di arrivare tra i primi. Fa' onore alla tua famiglia, figliuolo.

Caro, caro Bob. Mi piacerebbe tanto riconoscerlo, alla televisione, ma certo non sarà possibile, in quella folla di tremila ragazzi e ragazze, tanto piú che lui non è di quelli che si mettono in mostra, agitando la mano e magari l'intero braccio, con gran lavorio di scapole e clavicole, davanti alle telecamere.

Tre minuti alla trasmissione. Oh, ecco. Ho sintonizzato l'apparecchio, ho bevuto il mio Saltim, «buono a tutte le ore», e assaporo la felicità di una coscienza in pace con se stessa e con le leggi. Sul tavolino, accanto a me, la *Gazzetta degli Acquisti*, il quotidiano ufficiale a cui sono abbonato piú per mio gusto che per l'obbligo di legge, ostenta i suoi titoli invitanti: «In arrivo il Detersivo, che fa il bianco piú giulivo! – Con mille punti Rodolfo Cibo, vince un viaggio a Maracaibo».

Belli, i titoli in rima, proprio belli. E quel Cibo, accidenti: mille punti! Deve aver mangiato carne in scatola Pio Bove per quarant'anni, se ne ha messi insieme tanti. Che esempio di costanza, per le giovani generazioni. Dovrebbero metterlo nei libri di scuola, dico io.

Sul teleschermo da settecento pollici appare in questo istante la Piazza del Governo, gremita di ragazzi inquadrati dai loro istruttori. L'allineamento è perfetto. I volti sono immobili, radiosi. Una certa animazione si nota sul palco delle autorità... Sí, è giunto il Grande Venditore in persona. Un servo gallonato (unica concessione alla dignità della carica) spinge il suo Carrello... Dio del cielo, ma è un Polus, come il mio! Il Grande Venditore in persona ha acquistato un frigorifero della mia marca preferita, la piú venduta nella Galassia! Ah, come si sente, in momenti come questi, l'unità del paese! Pare di toccarla, di avvertirne sotto le dita il calore esaltante. Un Polus, «Il Polo in cucina!».

– Cittadini, – ora il Grande Venditore in

persona pronuncia l'atteso discorso, – miei giovani amici! Eccoci di nuovo riuniti per la piú bella festa dell'anno. Tra poco ognuno di voi, compiendo il rito del Primo Acquisto, giurerà eterna fedeltà ai costumi dei padri, alle nobili tradizioni della nostra civilissima terra...

Magnifiche parole! Le stesse precise dell'anno scorso.

Le telecamere mostrano una serie di primi piani dei festeggiati. Sarebbe troppo bello, naturalmente, vedere Bob, ma con gli occhi dell'affetto riconosco in ogni viso i suoi cari lineamenti.

Il mio Bob che tra pochi minuti... Ecco, ecco. Il discorso è terminato. Ora i giovani sfilano davanti al banco della Grande Vendita. Ognuno di essi, venuto il suo turno, porge la busta del denaro con gesto esatto e scattante, di pretto stile militare. Il Grande Venditore in persona gli consegna con un sorriso il Primo Acquisto: uno splendido mangiadischi di marca Pott, «duecento ore di musica in tasca». Il ragazzo si passa a tracolla la cinghia di plastica (il mangiadischi, difatti benché tascabile, va portato bene in vista). Fa un passo indietro. Un altro già si inchina al Grande Venditore. Squillano le trombe, i vessilli sventolano, il sole sorride paterno dal cuore del cielo azzurro...

Debbo aver dormito qualche decina di minuti, perché la cerimonia è terminata; è già cominciato il programma per i cittadini anziani: «Non è mai troppo tardi per un buon Acquisto».

Mi sto versando un altro bicchierino di Saltim, «salta in bocca a tutte le ore», quando il carillon dell'ingresso mi annuncia con due morbide note una visita inattesa.

– Il signor Benigno?

– Prego, si accomodino.

I miei ospiti non hanno bisogno di presentarsi. Nella loro uniforme verde oliva di agenti dell'USCA (Ufficio Statale Controllo Acquisti) essi già si muovono per la stanza con l'abituale sicurezza.

– Un'ispezione? Prego, prego. Sono lieto dell'occasione che mi permette di dimostrare il mio ossequio, dirò meglio, il mio entusiasmo per le leggi. In questa casa tutto è in regola. Anche i mobili e le tende alle finestre, come possono vedere, sono dei modelli e dei prezzi prescritti dalla televisione. Questo è il mio Acquisto Annuale carrellabile: un frigorifero da centoventi litri. Un Polus, come possono vedere, del tipo usato da Sua Eccellenza il Grande Venditore in persona. Comprato tre settimane fa, ecco la bolletta. Il giradischi, il televisore portatile a transistor, la cinepresa...

– Il mobile bar è un po' vecchiotto, – osserva il piú autorevole degli agenti, che riconosco ora per un ufficiale.

– Prego, due anni soltanto. Ma già sono in trattative per rinnovarlo.

– Bene, bene. La sua biancheria personale?

– Da questa parte, prego, in camera da letto.

– Non importa, – risponde con un gesto brusco l'ufficiale. – Le informazioni sul suo conto sono state sempre delle migliori. Proprio perciò la cosa ci sorprende, sa?

– La cosa? Quale cosa? C'è stata forse una denuncia nei miei riguardi?

– Nessuna denuncia, signor Benigno. Una semplice constatazione. Lei ha figli?

– Un maschio di tredici anni.

– È in casa?

– E come potrebbe? Le ho detto che ha *tredici anni*. Si è recato, com'era suo dovere e suo onore, alla Giornata del Primo Acquisto.

– Già.

L'ufficiale mi guarda con un'aria dubbiosa che non mi convince. Poi la botta, durissima, atroce.

– Alle corte, signor Benigno. Suo figlio non si è presentato alla cerimonia.

– Mio figlio... non...

– Per l'appunto: *non*. Questo è il mangiadischi che egli avrebbe dovuto acquistare, col suo nome marcato in argento sull'apposita targhetta offerta dal Consiglio Comunale. Gli istruttori hanno dovuto, purtroppo, registrare la sua assenza. Nessuno dei suoi compagni lo ha veduto.

La vista mi si annebbia. Dal cuore in tumulto ondate di sangue e di confusione mi affluiscono alla testa, mi scendono nelle gambe a pomparne ogni forza, sono costretto a sedermi, peggio, ad afflosciarmi in una poltrona. Boccheggio con affanno, in cerca d'aria. Mia moglie è andata con sua sorella a visitare la Mostra dello Strofinaccio ai Magazzini Bellissima, «il paradiso delle madri di famiglia»: non posso certo chiedere un bicchier d'acqua a questi uomini in uniforme militare che mi scrutano, impassibili.

– Bob non... Ma è assurdo... Sarebbe... sarebbe una catastrofe.

– Vedo che lei misura la gravità del caso, signor Benigno. Dall'anno in cui la cerimonia è stata istituita, questa è la prima volta che si verificano assenze.

– Lei dice assenze, al plurale... Per caso?...

– Ciò non la riguarda affatto. Per il momento la lascio alle sue riflessioni. Quando suo figlio rincaserà, se rincaserà, mi informi immediatamente. Ossequi, signore –. Gli agenti se ne vanno, l'ultimo accompagna la porta perché non sbatta.

– Bob, che cosa hai fatto, ragazzo, figliuolo caro! Il mio Bob! E io che ti pensavo là, tra i tuoi compagni, fiero, felice, io che mi aspettavo di vederti piombare in casa da un minuto all'altro, ansioso di mostrarmi il tuo Primo Acquisto, io che avevo pensato di festeggiare ulteriormente l'avvenimento portandoti a visitare il Museo della Rivoluzione, per darti una nuova meta a cui tendere, per allargare l'orizzonte dei tuoi sogni fino alla futura Giornata del Primo Carrello...

Parlo, parlo ad alta voce, torturandomi le mani, aggirandomi per le stanze come una povera bestia in gabbia. Il Saltim, «buono a tutte le ore», rosseggia invano nel bel calice offerto dalla Ditta agli acquirenti di due bottiglie. Non ho voglia di bere, ho voglia soltanto di piangere. In piedi, appoggio la testa alla spalliera di una poltrona e piango tutta la mia disperazione.

Immagino, quando la nostra vergogna sarà nota, il silenzioso boicottaggio dei vicini, dei colleghi d'ufficio. Mia moglie, nei negozi, segnata a dito, isolata come una creatura infetta. E lui, il mio Bob, in una casa di correzione. Il crollo di ogni rispettabilità, la rovina di ogni speranza per il futuro, la perdita del diritto a partecipare ai concorsi a premio: i punti raccolti in tanti anni di pazienti e costosi acquisti, via, nella spazzatura, cartaccia tra i rifiuti.

Ma perché? Ma perché? Quando, come ha potuto maturare questo gesto assurdo, questa spaventosa diserzione?

Un momento. E se Bob fosse stato investito da una macchina mentre... No, purtroppo è impossibile. Prima di agire l'USCA ha sicuramente svolto tutti i controlli del caso. L'autorità non agisce mai con precipitazione. Non sbaglia mai.

Io lo credevo emozionato, e certo lo era, ma non per le giuste, innocenti ragioni che io potevo immaginarmi. Egli meditava di gettare il disonore su questa casa, di macchiare il mio nome: un nome che figura negli elenchi ufficiali dei partecipanti alla Grande Rivoluzione, sia pure soltanto come simpatizzante...

Mia moglie rincasa. La informo. Sediamo davanti al televisore, schiacciati dall'accaduto, e quasi non abbiamo occhi per il magnifico programma di balletti intitolato «Il Carrello Magico», che è da tanti anni il nostro preferito. Ci guardiamo intorno, inebetiti.

Essa è la prima a notare il mangiadischi, posato sui titoli della *Gazzetta degli Acquisti*.

– Guarda, – dice, – c'è il nome di Bob, a lettere d'argento.

Il mangiadischi. Come mai lo hanno lasciato qui?

– Non è regolare. Non è per niente regolare.

– Che cosa, Benigno?

– Ma non capisci, Modesta? In un caso del genere l'USCA prepara una denuncia per Disobbedienza Civile, il Primo Acquisto è sequestrato, per Bob c'è l'arresto e il processo per direttissima. Questo mangiadischi non dovrebbe assolutamente trovarsi qui.

– Lo avranno dimenticato.

– Impossibile. Il fatto deve avere un preciso significato.

– Quale, Benigno?

– Per il momento esso mi sfugge. Dobbiamo riflettere, Modesta. Riflettiamo. Spegni il televisore.

– Ma... la cosa sarà notata dai vicini. Qualcuno potrebbe telefonare a una guardia notturna.

– Abbassa il volume, almeno, chiudi l'audio. Abbiamo bisogno di concentrazione.

– Concentrati tu, Benigno, che sei bravo. Ah, il nostro povero Bob...

– Vuoi dire quel delinquente di nostro figlio. Ma il punto non è questo. Vedi, mi pare di ricordare qualcosa che mi ha colpito, nel comportamento degli agenti durante l'ispezione. Intanto, non si è trattato di un'ispezione vera e propria. Hanno dato un'occhiata, semplicemente per guadagnare tempo, per venire al dunque. Non è questo, no.

– Che cosa, non è questo?

– Non è questo che mi ha colpito. Forse qualcosa che l'ufficiale ha detto. Ecco, ci sono! Ha parlato di «assenze», al plurale. Non ricordo bene la frase, può darsi che quel plurale dipendesse da vere esigenze grammaticali. Ma può anche darsi... Voce dal sen fuggita, ecco...

– Ma quale voce? Quale seno? Fammi capire.

– Ecco, ecco. Credo di non sbagliare, Modesta. Il nostro Bob *non è stato il solo assente*. Capisci? Un caso è un caso, e serve d'esempio. Ma se gli assenti fossero stati parecchi, le autorità non avrebbero forse convenienza a minimizzare, a nascondere l'accaduto, per non preoccupare l'opinione pubblica? A risolvere la questione in sordina? Questo è il punto. Da questo punto di vista, il mangiadischi può avere un solo significato. Lo capisci, ora?

– No, Benigno, continuo a non capire. Sembra che tu ti rallegri scoprendo che il nostro Bob, forse, fa parte di una banda.

– Lascia stare la banda. Il mangiadischi. Ce lo hanno lasciato qui. Se Bob rincasa ora, in questo minuto, egli se lo mette a tracolla ed è salvo. Niente denuncia, niente processo, niente disonore. Non c'è altra spiegazione. Si deve fare come se non fosse accaduto nulla, per evitare che una disobbedienza massiccia diventi un seme di disordine...

– Tu mi spaventi, Benigno! Credi che ci sarà un'altra Rivoluzione?

– Ecco, ecco. Questo è quello che la gente penserebbe. Le autorità non possono permetterlo. Una Rivoluzione, se qualcuno ci comincia a pensare, è già fatta per metà. Siamo salvi! Modesta, siamo salvi!

– Ma Bob? Dov'è Bob? Perché non torna?

Risponde alle sue domande, con le due note che nel silenzio della notte risuonano sinistre, il carillon dell'ingresso.

– Bob!

No, non è Bob. La sorpresa è cento volte maggiore, cento volte piú terrificante. Quando apro, si disegna contro il buio del giardinetto, illuminata solo dalla lampada dell'anticamera, la maestosa figura del Grande Venditore in persona. Accanto a lui il servo gallonato, dignitosamente impassibile, regge per la maniglia dorata il Carrello con il Polus, «Il Polo in cucina».

– Permette che entri?

La sua voce è dolce, stranamente velata di malinconia.

Mi faccio da parte. Il servo introduce il Carrello, lo colloca accanto al portaombrelli, secondo l'uso, e si ritira per attendere, fuori, il termine del colloquio.

Tutto è inatteso e strano, in ciò che avviene. Non si è mai sentito dire che il Grande Venditore in persona si sia disturbato per un semplice caso di Disobbedienza Civile. L'indizio costituito dal mangiadischi abbandonato, contro ogni regola, in casa nostra, ne risulta di colpo ingigantito.

– Lei sa perché sono qui? – mi domanda Sua Eccellenza.

– Lo immagino, Eccellentissimo.

– No, non credo che lei possa immaginarlo. Oppure... Dica un po', mio figlio non è mai stato in casa sua?

– Suo... Ah, assolutamente no. Eccellentissimo signor Grande Venditore in persona!

– Il nome di Rob non le dice nulla?

– Questo sí. È un amico del mio Bob. Il suo piú intimo, credo. Ne parla spesso, ma non lo ha mai portato qui.

– Capisco, del resto Rob può anche non avergli detto che è mio figlio. Ma lo è, signor Benigno. Quando ha chiesto di essere iscritto a scuola con un cognome qualunque, ho pensato fosse per discrezione, per pudore... per evitare di essere trattato in modo particolare dagli insegnanti e dai compagni... Ora è chiaro che aveva ben altre ragioni.

– Ma quali, Eccellentissimo?

Il mio cervello intanto lavora, lavora, è tutto un bollore. Perché mi parla di suo figlio? Perché è venuto in casa mia, di notte? Che altro può aver combinato quello sciagurato di Bob?

Il Grande Venditore in persona, a un tratto, sorride di quel suo sorriso triste e come lontano.

– Caro signor Benigno, dobbiamo rassegnarci all'idea: siamo i padri di due rivoluzionari.

– Eccellentissimo, io...

– So, so che lei è un cittadino esemplare. Da manuale di educazione civica, addirittura. Ma i figli qualche volta non amano somigliare ai padri. Il mio, per esempio, non vuol portare il mio nome. Ed eccoci qua, lei ed io. In tutto il paese, due soli assenti alla Giornata del Primo Acquisto, e chi sono? Il suo Bob e il mio Rob...

Ecco, ecco e ancora ecco. Ora si spiega tutto. Soffocare lo scandalo. Ne va di mezzo la posizione, nientemeno, del Grande Venditore in persona! Suo figlio! Un ribelle!

Solo che non voglia gettare l'intera colpa

su di noi... Come se avesse indovinato il mio pensiero, Sua Eccellenza mi tranquillizza con un nuovo sorriso:

– Sono certo che l'iniziativa è stata del mio Rob, signor Benigno. È lui il rivoluzionario numero uno. Se non fossi stato distratto dai doveri del mio ufficio, avrei dovuto sospettarlo da un pezzo. Certe sue osservazioni... Lí per lí, potevano essere prese per battute di spirito, appena un po' irriverenti. I Carrelli lo fanno ridere, pare...

– I Carrelli!

– Già, già. Non si scandalizzi troppo, però. E anche l'obbligo di portare il mangiadischi, dai tredici ai vent'anni, non è di suo gusto. Ho scoperto un suo quaderno di disegni satirici sull'argomento. Ho scoperto dell'altro, guardi. Scommetto che anche suo figlio ne ha una...

In cosí dire, Sua Eccellenza mi mostra una tesserina, un cartoncino giallo piegato in due... Vi si legge, sulla prima facciata: «Partito della Libertà! Abbasso il mangiadischi! Tutti i Carrelli allo sfasciacarrozze!».

Quelle bestemmie mi bruciano le mani. La tesserina cade sul tappeto. Mi chino a raccoglierla, col viso in fiamme...

– Scusi, Eccellentissimo! Mi sembra impossibile... Non riesco a crederci.

Il Grande Venditore sorride nuovamente:

– Ragazzate, mi creda. Non bisogna farci troppo caso. Non sarà un Partito composto da due tredicenni a mettere in pericolo le nostre gloriose istituzioni. Lei capisce, vero, perché sono venuto a casa sua? Lo capisce adesso?

– Credo di sí, Eccellentissimo.

– Molto bene. Tra padri ci si intende. La cosa resterà segreta. I ragazzi cresceranno, porteranno il loro bravo mangiadischi, dimenticheranno, *perché noi dimenticheremo*. Se li punissimo, potrebbero figurarsi di soffrire per un'idea, sentirsi dei martiri della causa, ostinarsi. Sono venuto a chiederle di lasciare per qualche giorno il suo Bob a casa mia. Avremo naturalmente delle giustificazioni per la scuola, tutti i certificati medici necessari. I ragazzi giocheranno insieme. Confido di convincerli, diciamo, a rientrare nell'ordine. Lo sa che anche il mio Rob ha compiuto oggi i suoi tredici anni? Sono tre in tutto, i fortunati. Daremo loro un mangiadischi piú grande, con la targa d'oro anziché d'argento, cosí si sentiranno già sufficientemente diversi dagli altri. I loro propositi sovversivi ne risulteranno subito attenuati, non le pare?

Dice tutto lui. Io posso soltanto accennare di sí, col capo, specchiandomi in mia moglie che a sua volta s'inchina in continuazione e intanto si asciuga una lacrima. Ma che fa, ora? Eccola che prende una mano del Grande Venditore e la bacia: – Quant'è buono, lei!

– Lasci, lasci, signora. Non è il caso.

– Ma i ragazzi, – balbetto, – dove si trovano ora?

– Gliel'ho detto, signor Benigno. A casa mia. Sono stati rintracciati un'ora fa da una pattuglia speciale, addetta alla mia persona. Si figuri che se ne stavano beatamente sdraiati in un prato a guardare le stelle.

– In un prato! Le stelle!

– Già. Se le indicavano l'un l'altro, pronunciandone i nomi ad alta voce. Un agente ha seguito quei nomi, proprio come i Re Magi seguivano la loro cometa: «Aldebaran... Sirio... Arturo...» Là, presi. Tranquilli, non hanno opposto resistenza. Stanno benissimo. Vuol parlare con il suo Bob?

Il Grande Venditore in persona si alza, si avvicina al telefono, compone un numero, mormora un ordine, mi porge il ricevitore:

– Ecco, parli.

– Pronto!

– Pronto, papà. Sei tu?

– Bob, figliuolo caro... Ma dove sei stato, benedetto ragazzo?

– A caccia di grilli, papà. Ne abbiamo presi centoventi. Naturalmente poi li ab-

biamo lasciati liberi... È stato bellissimo! Rob ha un trenino elettrico che è una cannonata...

Il Grande Venditore in persona ci sta salutando con affabilità. Porge la mano a mia moglie, la porge a me, guardandomi fisso. A un certo punto, strano, ho la sorpresa di vederlo abbassare gli occhi... Io pure, non so perché... Abbassiamo gli occhi, come se non osassimo guardare l'uno dentro l'altro, fino in fondo.

E io non so piú se ci siamo accordati per il bene dei nostri figli o *contro di loro*... per cancellare, per uccidere in loro la gioia che oggi, liberi e padroni della loro vita, debbono pure aver provato, cacciando grilli per gioco, timorosi di far loro del male, pronti a restituirli intatti alla natura, alla terra, alle stelle... seppellire quella gioia, il loro puro slancio, sotto un grosso mangiadischi con la targa d'oro... domani sotto le ruote gommate del Primo Carrello... Non so... Non so piú...

– Grazie, Eccellentissimo. Buona notte, Eccellentissimo.

# Indice

# Fiabe e Fantafiabe

# Einaudi Ragazzi

Storie e rime

## Pubblicazioni piú recenti

323 Sebastiano Ruiz Mignone, *L'isola del faro*
324 Vanna Cercenà, *Frida Kahlo*
325 Vivian Lamarque, *Storie di animali per bambini senza animali*
326 Alexandra Moss, *I diari della Royal Ballet School - La perfezione di Isabelle*
327 Alexandra Moss, *I diari della Royal Ballet School - Il talento di Sophie*
328 Gareth P. Jones, *Agenzia investigativa* Il Drago - *Il caso dei gatti scomparsi*
329 Josette Gontier, *Meravigliosi racconti di Natale*
330 June Crebbin, *Cavalli*
331 Tsruya Lahav, *Gli zoccoli di André*
332 Jacques Cassabois, *Dodici storie di principesse*
333 Victor Rambaldi, *Artúff l'intraterrestre*
334 Maria Vago, *Dai, racconta, pirata Domingo!*
335 Beatrice Masini, *Che fata che sei*
336 Stefano Bordiglioni, *Una storia in ogni cosa*
337 Ingo Siegner, *Nocedicocco vola alla festa*
338 Sebastiano Ruiz Mignone, *Il drago rapito*
339 L. Gandini / R. Piumini, *Fiabe da tutta Italia*
340 Neal Layton, *La Scuola dei mammut - Pericolo umani!*
341 Neal Layton, *La Scuola dei mammut - Una festa coi fiocchi*
342 Stefano Bordiglioni, *Il mistero del cioccolatino al curry*
343 Alexandra Moss, *I diari della Royal Ballet School - Il segreto di Kate*
344 Alexandra Moss, *I diari della Royal Ballet School - La prova di Grace*
345 Renzo Di Renzo, *Nero*
346 Lauren Brooke, *Heartland - Ritorno a casa*

347 Lauren Brooke, *Heartland - Dopo la tempesta*
348 Roberto Piumini, *Diario di La*
349 Vivian Lamarque, *Mettete subito in disordine! - Storielle al contrario*
350 Sabina Colloredo, *Isadora Duncan*
351 Sebastiano Ruiz Mignone, *Sherloco e il mistero del maiale scomparso*
352 Stefano Bordiglioni, *Storie col motore*
353 Alexandra Moss, *I diari della Royal Ballet School - La nuova arrivata*
354 *Mille anni di storie per ridere*, a cura di Anne Jonas
355 Gareth P. Jones, *Agenzia investigativa* Il Drago - *Il caso del professore ribelle*
356 Sabina Colloredo, *Storie vere di animali*
357 Jack London, *Zanna Bianca*
358 L. Gandini / R. Piumini, *Mille fiabe d'Italia*
359 Lauren Brooke, *Heartland - La strada per la libertà*
360 Ingo Siegner, *Nocedicocco e la strega del maltempo*
361 Francesca Longo, *In vacanza col nonno*
362 Lia Celi, *Anita Garibaldi*
363 Alexandra Moss, *I diari della Royal Ballet School - Questioni di cuore*
364 Roberto Piumini, *Si narra che i pirati*
365 Martin Waddell, *Storie di demoni e fantasmi*
366 Neal Layton, *La Scuola dei mammut - Si va in vacanza!*
367 Michel Piquemal, *Fiabe mitologiche di eroi e di mostri*
368 Margaret Mayo, *L'unicorno e altri animali magici*
369 Lauren Brooke, *Heartland - Un rischio da correre*
370 Ingo Siegner, *Nocedicocco fa il giro del mondo*
371 Anna Lavatelli, *Rompibot*
372 Nicoletta Costa, *Allumé - Storie di un cavallo*
373 Chiara Carminati, *Diario in corsa*
374 *Storie per ragazze*, a cura di Fiona Waters
375 Stefano Bordiglioni, *Altre dodici fatiche per Ercole*
376 Erminia Dell'Oro, *La Grotta degli occhi dipinti*
377 Pete Johnson, *Come addestrare i genitori*
378 Stefano Bordiglioni, *Diario di Giulio - TOP SECRET*
379 Sebastiano Ruiz Mignone, *Sherloco e il mistero della mucca rapita*
380 Beatrice Masini, *La spada e il cuore - Donne della Bibbia*

381 Lauren Brooke, *Heartland - Nelle mani del destino*
382 Sebastiano Ruiz Mignone, *Il circo di Pelú*
383 Gianni Rodari, *Atalanta*
384 Ingo Siegner, *Nocedicocco e la nave pirata*
385 Roberto Barbero, *Dieci orchi in vacanza*
386 Stefano Bordiglioni, *Il giro del mondo in 28 e-mail*
387 *Mille anni di storie incantate*, a cura di Francesca Lazzarato
388 *Storie classiche - Fiabe, miti, racconti popolari*
389 Vivian Lamarque, *La bambina bella e il bambino bullo e altri bambini e bambine*
390 Roberto Piumini, *La valle dei mulini*
391 Roberto Piumini, *Belle da raccontare*
392 Stefano Bordiglioni, *Lontano dagli occhi, lontano dal cuore*
393 Gianni Rodari, *Venti storie piú una*
394 Beatrice Masini, *Amici per sempre*
395 Rudyard Kipling, *Il libro della giungla*
396 *Mille anni di storie di animali*
397 Jules Verne, *Il giro del mondo in ottanta giorni*
398 Stefano Bordiglioni, *Storie sotto il letto per dormire... quasi tranquilli*
399 *Mille anni di storie divertenti*, a cura di Francesca Lazzarato
400 Ingo Siegner, *Nocedicocco nel castello dei fantasmi*
401 Lauren Brooke, *Heartland - Quando parla il cuore*
402 Robert Louis Stevenson, *L'isola del tesoro*
403 Ingo Siegner, *Nocedicocco e il tesoro nella giungla*
404 Michael Morpurgo, *Storie sotto i baffi - Favole di Esopo*
405 Tony Bradman, *Storie di eroi*
406 Anna Lavatelli, *Il sasso sul cuore*
407 Francesca Longo, *Nonni, si parte!*
408 Jules Verne, *Viaggio al centro della terra*
409 Stefano Bordiglioni, *Quattro giovani Aztechi*
410 Emanuela Nava, *Cari nonni, cara Na*
411 Francesca Ruggiu Traversi, *Tommy Scuro e il segreto di Villa Brivido*
412 Lauren Brooke, *Heartland - Il tempo di ricominciare*
413 Roberto Piumini, *Molte lettere per Sei*
414 Beatrice Masini, *Io e gli invisibili*

*Finito di stampare per conto delle* Edizioni EL
*presso LEGO S.p.A., Vicenza*

| Ristampa | | | | | Anno | |
| --- | --- | --- | --- | --- | --- | --- |
| 10 | 11 | 12 | 13 | 2010 | 2011 | 2012 |